U0082478

十一字殺人

11文字の殺人

東野圭吾

專文導讀

回頭凝視東野圭吾早期的作品

【推理作家・推理小說耽讀者】藍霄

似乎有些突然地，東野圭吾在台灣讀者的日本推理閱讀旅程當中，變成一個必遊的地標。

基本上這得歸功於近幾年來，台灣出版社相對密集的譯介與影劇、電影多方面的推波助瀾。

然而，幾次以台灣讀者為調查對象的推理小說票選與問卷活動，東野圭吾與其作品的表現，在在顯示無論是作者本身還是筆下的作品所深具的魅力，才是主要的原因。

這對於十多年前閱讀第三十一屆江戶川亂步獎得獎作《放學後》，而成為東野圭吾忠實讀者的我，對於旅程中，有越來越多的台灣讀者，搭上共同閱讀的列車，欣賞他的作品、談論他的作品所呈現的熱鬧現象，有著參與共鳴的愉悅。

二〇〇六年東野圭吾以《嫌疑犯X的獻身》大放異采，締造日本推理小說與大眾文學領域難得的得獎紀錄，這對於奮力寫作的東野圭吾也算是個全面肯定。

成為專業的推理作家數來也有二十年左右的東野圭吾，骨幹裡寫的是「純粹趣味」的推理小說，是個把推理小說的創作當作自我挑戰的進步型作者，難得的是始終能維持住讀者閱讀的口味，每年以兩、三本穩健的速度推出作品。隨著寫作領域觸角的多方延伸，東野圭吾在日本推理小說界的位階，變成是個獨特的存在，其不可取代的特色，逐漸累積起讀者閱讀新作的期待感。

如果讀者普遍會對作者新作產生期待感，這就是所謂的人氣，我想，這才是專業推理作家成功與否的指標。

即使台灣讀者多半不是按照發表年代逐部閱讀東野圭吾的作品，有趣的是，這種普遍期待翻譯新作出版的期待感，並沒有稍加減緩。

本作《十一字殺人》是東野圭吾早期的作品，身為東野圭吾迷的讀者在閱讀此文的同時，當可體會我所謂期待感的意思。

前面提及，東野圭吾骨幹裡寫的是「純粹趣味」的推理小說，也就是說從早期「校園推理作家」、「寫實本格的能手」轉換成現今所謂千變寫手的東野圭吾，多年來寫作脈絡有其變與不變，亦即屬於推理小說故事、情節寫法的血肉會改變，然而推理小說的本質骨幹並不會改變。

這可以分成兩方面來談，一方面是推理小說的形式，二是小說的趣味性。

說東野圭吾是寫實本格推理的能手，其實並沒有錯。在東野圭吾作品中，遵守了基本解謎推理小說形式與精神的作品還是占了相當比例，這些作品長久以來以寫實的手法鋪陳情節，登場人物行動與思維貼近日常，少有詭譎難懂的謎團詭計設計，也不太會有陰森詭異氣氛的營造與感覺上脫離現實生活經緯的作品，也就是說，以平實的手法寫作本格推理。讀這樣的小說，翻起小說的第一頁起，讀者可以安心地體會基本的推理小說閱讀樂趣。

另一類則是讀來充滿趣味性、蘊藏特定小說主題的作品，這類作品符合東野圭吾在接受訪談中所言，他認為他寫的是所謂「娛樂小說」，亦即新近作品，不再強求創作狹義的本格解謎形式的推理小說，對於本身的落筆寫作究竟是不是推理小說，也不是那麼在意。我想特別提及的是，東野圭吾這類的作品其實都是借用推理小說的手法在處理某些原本不是傳統推理小說閱讀所強調的主題，形式上既不像社會派也不像本格派，但是閱讀的懸疑氣氛與邏輯佈局的節奏感，加上強調結局揭曉充滿驚奇感的趣味性，在在顯示本格推理小說作家出身才會有的寫作技法。

隨著東野圭吾推理作家生涯的創作時程演進，糅合各個領域的變形作品，基本上只是如同光譜色帶分佈的推理質素深淺不同罷了。在東野的作品的讀後餘味，皆可以滿足翻閱推理小說首頁起所預期的樂趣，推理小說的閱讀心理層面上分析起來，就是一種懸宕亟待解決的一絲焦躁感通過閱讀所獲得的解放，東野圭吾推理小說就是這樣的好物。

《十一字殺人》發表於一九八七年，正逢綾辻行人發表《殺人十角館》揭起新本格推理往後風起雲湧的年代。同樣是本格推理的核心創作，也同樣面對本格推理復興的年代，把推理小說寫作當作是職業的東野圭吾，往後的創作觀念，與同時代的新本格推理作家雖有同質的重複，卻有截然不同的本格推理領域的拓展方向。

從這點來看，東野圭吾創作的路線與新本格推理後來的走向是比較歧異的。回顧起來寫實手法的作品還是可以保有推理小說趣味的基本要求，也比較可以與社會與人心議題作結合，所以二〇〇六年《嫌疑犯X的獻身》的直木賞得獎，似乎意味著這樣的本格推理寫作方向還是可以刻劃人心幽微的一面，也可以讓讀者從內心產生共鳴，寫作的生命自然可以比較長久，而不會純粹拘泥於文字遊戲與窄化詭計再突破的困境中。

既然提到了《殺人十角館》，本作《十一字殺人》出發點正巧也是這類「孤島殺人」模式的變形，孤島殺人與密室、暴風雨山莊等等一眼望之原本現實性欠佳的戲劇性設定，在東野的作品中並不特意去排斥，只是會以寫實的手法變換不一樣的口味，這在初期作品處處可以看出他的嘗試的用心。同時這也反映了東野圭吾在以《放學後》本格推理得獎之後，辭掉工作前後，打算步上專業推理作家的寫作方向。

推理作家寫作初期作品的背景設定，多半設定是其熟悉的領域。東野圭吾邁向推理作家的初期，取材校園學生生活、年輕上班族環境與運動相關題材相對比較頻繁，這並不讓人意外，在《野性時代》披露東野圭吾作家一日行程，每日依然保持兩個小時的健身房運動，可見東野圭吾是個「動感」的作者，很可能從學生時代起就保有的運動習慣，使得作品中不時出現運動題材與描寫的原因吧！

此外，東野圭吾初期的推理作品，在比較強調本格推理的形式之餘，還是可以窺見其特殊之處。比如在當初得獎後尚處於兼職的生活所完成的作品：《畢業前的殺人遊戲》，在台灣版自序中，東野圭吾提及了：「……小說想描寫的，是年輕人從輕鬆的學生時代脫殼而出的姿態。或許是因為經歷過數年的社會生活，對人世間的世故瞭解了一些，所以我選擇了這樣的題材。」這其實是從處女作開始，東野圭吾作品的特色，每本小說都有著特別的主題，動機的描述總是彰顯小說描述犯罪的奇特，雖然初期作品較顯浮面，隨著寫作技巧的越發成熟，後期的作品犯罪動機的著墨更具深度，探討的層面也比較廣，感覺上作者是有心在營造這點，而非早期本格推理的只是解謎條件拼圖式的功能交代。這對於現今已不算寡作的東野圭吾來說，早期或有青澀，但幾乎每部作品都是傾注作者相當的熱情，前面言及他是個進步型的作者，所謂「進步型的品牌」意義在此。

此外，東野圭吾的作品特別值得一提，就是男性觀點的女性角色描寫。從處女作開始到新近的作品，東野圭吾筆下所描寫的女性實在不得不令人側目，東野圭吾描寫女性人物，筆法平實，也不太深入描寫登場女性人物細膩的心理，只是隨著情節的進行，主要女性的形象人物總能活靈活現。特別是「惡女」的描寫堪稱一絕。

東野圭吾創作的年代，是屬於日本推理小說奔放的年代，新本格推理的後來走向，雖然有其擁護者也有其另闢蹊徑的創意，但是相較之下，何者比較可以延展推理寫作生命？何者比較可以延展推理小說的可塑性？同時代的推理作家可能不會特意去比較這些問題，只是每個推理作家都有其創作觀，寫出有趣的作品。讀者回顧東野初期的作品，再環視他的作品歷程，或許前述問題就由感興趣的讀者自己來判斷了。

目錄

獨白一

信寫到最後，我微微感到一陣暈眩。

這是一封只寫了一行的沒用的信，但一切就是從這行字開始的。

而且無法回頭了。

我沒花多久時間，就作好了決定。

總之，就是要不要執行而已，除此之外，沒有別的選擇。

當然，這個決定勢必會和其他人的意見不同吧！他們被「正當」這兩個字所拘束，然後提出了第三條路。

更何況——人們這麼說——更何況人類是一種軟弱的生物。

這是大衆的普遍說法，但並不實在。

不過是一些讓人聽了猛打呵欠的無聊意見罷了，內容只有謊言和逃避。像那種意見，不論相互交流過多少次，還是什麼結論都得不到，更別說是動搖我的心了。

現在，我的心被深深的憎恨所支配著。我無法捨棄這份憎恨，也無法帶著它繼續活下去。

只有執行一途。然後，我要再次問問「他們」，真正的答案究竟是什麼？

不——

「他們」應該不會告訴我吧！因為我早在一開始的時候，就已經知道真正的答案了。

想到這裡，我心裡的憎恨，便如同熊熊烈火般燃燒了起來。

「來自於無人島的滿滿殺意」——只有這樣，而這就代表了全部。

第一章

刑警來的那一天

1

「我被盯上了。」

他將裝了波本酒的玻璃杯傾斜著，杯中的冰塊發出喀啦喀啦的聲音，在波本酒裡舞動著。

「被盯上？」

我懶洋洋地應聲道，只覺得他在開玩笑。

「被盯上……是指什麼？」

「命。」

他回答。

「好像有人想殺了我。」

我還是笑著。

「幹嘛要你的命呢？」

「唉……」

他稍微沉默了一下以後，再度開口說道：

「我也不知道，到底是為了什麼呢？」

他的聲音聽起來過分沉重，害我也跟著笑不出來了。我盯著他的側臉看了一會兒後，轉頭望向吧臺後酒保的臉，然後再將視線移回我的雙手。

「不知道，但是有這感覺是嗎？」

「不只是感覺，」他說：「是真的被盯上了。」

接著他又向酒保要了杯波本酒。

環顧四周，確定沒有人在注意我們倆後，我喊了他一聲：

「吶，能不能說詳細一點？究竟發生了什麼事？」

「就是……」他一口喝乾波本酒，燃起一支菸，「被人盯上了呀！就只是這樣。」

然後他壓低聲音說了聲「這下糟糕了」。

「原本我是不想說的，不過還是忍不住講了出來。我想大概是早上那件事的關係吧！」

「早上那件事？」

「沒什麼啦！」他說完，搖了搖頭，「總之，這不是妳該知道的事。」

我盯著自己手裡的玻璃杯。

「因為就算我知道了，事情還是無法解決？」

「不只是那樣，」他說：「這只會造成妳無謂的擔心啊！而且就我而言，也不會因為跟妳說了這些事，心中的不安就因而減少。」

對於他的話，我沒有作任何反應，只是交叉了吧臺下的雙腳。

「嗯，總而言之就是你被某個人盯上了嘛？」

「沒錯。」

「但是不知道對方是誰嗎？」

「真是奇妙的問題呀！」

這是今天他進酒吧以來，第一次露出微笑。白色的煙霧從他齒間飄出來。

「一條小命被人盯上了，但是對方是誰，自己心裡完全沒有底，真有人能這麼斷言嗎？要是妳的話呢？」

「我的話，」我頓了頓，「可以說沒有，也可以說有。因為我覺得殺意和價值觀是相同的。」

「我跟妳有同感。」

他慢慢地點頭。

「所以其實你心裡有底吧？」

「不是我在自誇，不過大致上的來龍去脈，我是知道。」

「可是不能說出來。」

「總覺得如果從自己的嘴巴裡說出來的話，好像會讓這件事變成真的一樣。」他接著說道：「我是很膽小的。」

然後，我們便沉默地喝著酒。喝累了之後就放下玻璃杯走出酒吧，然後漫步在細雨濛濛的路上。

我是很膽小的——這是在我記憶中，他說過的最後一句話。

2

他——川津雅之，是透過朋友介紹而認識的。

這個朋友其實就是我的責任編輯，名叫萩尾冬子。冬子是個在某出版社工作將近十年的職業婦女。她像個英國婦人一樣，總是穿著光鮮亮麗的套裝，帥氣地挺著胸膛走路。我從跨入這行起就和她結識，算算也差不多要三年了。她和我同年。

這個冬子在我面前沒說稿子的事、反而先提起男人，是在大概兩個月前的事了。我記得是宣布奄美大島進入梅雨季節的那一天。

「我認識了一個很棒的男人呢！」她一臉認真地說：「自由作家川津雅之。妳知道嗎？」

不知道，我這麼回答。連大部分同行的人，我都叫不出名字來，更不可能曉得自由作家。

據冬子所言，好像是因為那個川津雅之準備出書，他在商談細節的時候正巧和冬子同桌，兩個人就這麼認識了。

「不但個子很高，還是個美男子呢！」

「是哦！」

這個冬子會說起男人的事，是非常罕見的。

「冬子推薦的男人啊，我還滿想看看的呢！」

當我說完，冬子就笑了出來。

「嗯，下次吧！」

我沒真的把這些話當一回事，她好像也是如此。就像是個隨意提起的話題，很快就忘掉了。

不過在幾個禮拜之後，我終究還是見到了川津雅之。他剛好也在我和冬子去的那間酒吧裡面，跟一個在銀座開個人畫展的胖畫家一起。

川津雅之的確是個好看的男人。身高大概有一百八十多公分，配上曬得很均勻的膚色，十分引人注目。身上穿著的白色夾克，也非常適合他。在注意到冬子之後，他從吧臺向我們微微招了手。

冬子輕鬆地和他閒聊，接著把我介紹給他。跟我原先想的一樣，他並不知道我的名字。在聽說我是推理作家後，也只是疑惑地點點頭。大部分人的反應都是這樣。

在那之後，我們在那間店裡聊了很長一段時間。現在回想起來，甚至覺得有點不可思議，怎麼會有那麼多話題可以聊呢？而且當時到底說了些什麼，我也想不起來了。唯一知道的，就是聊天聊到最後，我和川津雅之兩個人單獨步出那間酒吧。兩人接著踏入另外一家店，然後大約在一個小時之內離開。雖然我已經有點醉意了，還是沒讓他送我回家。而他也沒有堅持。

三天後，他打了通電話來約我出去吃飯。反正沒有拒絕的理由，他是個不錯的男人也是事實，我沒什麼猶豫就答應了。

「推理小說的魅力是什麼呢？」

進了飯店的餐廳，點完餐，用桌上的白酒潤了潤喉之後，他問道。我想都沒想，就機械性地搖了搖頭。

「意思是妳『不知道』嗎？」

他問。

「要是知道的話，書就會賣得更好了。」我回答道：「你覺得呢？」

他一邊搔著鼻翼一邊說：「造假的魅力吧。發生在現實生活的事件中，有很多都沒辦法辨清黑白，好和壞的分界很模糊。所以就算我們可以提出疑問，也無法期待一個精準的結論，永遠只能得到真相的冰山一角。而就這方面來說，小說卻能全面完成。小說本身就是一個建築物，而推理小說則是這個建築物當中凝聚最多功力的部分。」

「或許真的是這樣吧！」我說：「你也曾經為了善與惡的分界而煩惱過嗎？」

「這個啊，有哦！」

他微微揚起嘴角。看來真的有，我這麼想。

「那有把它們寫進文章裡嗎？」
「是有寫過，」他回答道：「不過，沒辦法寫進文章裡的事情也很多。」
「為什麼沒辦法寫進文章裡呢？」
「很多原因呀！」
他似乎有點不太高興，不過很快地又恢復了溫柔的表情，然後開始談起繪畫的事。
這天晚上，他來到我的房間。由於我的房間裡到處都還留著前夫的味道，連他都似乎有點嚇了一跳。只是沒過多久，他好像就習慣了。
「他是新聞記者，」我說起前夫的事，「他是個幾乎不待在家裡的人。到了最後呢，他也就找不到繼續回到這個屋子來的意義了。」
「所以就沒再回來了嗎？」
「就是這樣。」
川津雅之在前夫曾經擁抱過我的床上，比前夫更溫柔地和我做愛。結束了之後，他用雙手環繞著我的肩頭，對我說：「下次要不要來我家呢？」
我們倆平均一個禮拜見一到兩次面。大部分都是他來我家，我偶爾也會到他家去。他雖然單身而且沒有結婚經驗，但是他的房間卻整潔到看不出來。我甚至還曾經想像過，是不是有人專門在替他打掃房間。
我們兩個人的關係很快就被冬子知道了。她來找我拿稿子的時候，他正好也在，所以我也沒什麼好解釋的。其實，本來就沒有什麼辯解的必要。

「妳愛他嗎？」

冬子在和我獨處的時候主動問我。

「我很喜歡他哦！」

我回答。

「結婚呢？」

「怎麼可能！」

「是哦？」

冬子有點放心地吐了口氣，外型完美的嘴唇浮出一絲笑意。

「把他介紹給妳的人是我，看到你們感情很好，我當然也很高興，不過我還是希望妳不要太投入。維持現在這個樣子的交往形式，才是最正確的。」

「別擔心，我至少也有過一次婚姻的教訓呀！」

我說道。

然後又過了兩個月，我和川津雅之的關係依舊保持在和冬子約定好的那個程度。六月的時候，我們兩個人單獨去旅行，我很慶幸他沒有提到任何關於結婚的隻字片語。要是他真的說了，我不煩惱也就說不過去了。

不過回頭想想，就算他提出結婚的要求也不奇怪。他三十四歲，正處於考慮到婚姻大事也理所當然的年齡。也就是說，他在和我交往的時候，也默默地希望我們的關係維持在一定的程度吧？

然而，現在思考這些事情，已經失去任何意義了。

在我們相識兩個月之後，川津雅之在大海裡斷送了他的生命。

3

七月的某一天，刑警來到家裡，告知我他的死訊。刑警比我平常在小說中所描寫的更為普通，但是很有感覺——也可以說是更有說服力。

「他的屍體今早在東京灣漂浮時被人發現。拉上岸後，從身上的東西證明他就是川津雅之。」

一個年紀不到四十歲，感覺起來很強壯的矮個子刑警說道。還有一個年輕的刑警站在他旁邊，不過這個刑警只是安靜地站著而已。

我沉默了幾秒鐘，然後吞了一口口水。

「已經確認過身分了嗎？」

「是的。」刑警點點頭，「他的老家在靜岡吧？我們從那裡請了他妹妹來認屍，齒模和X光片也都對過了。」

接著刑警十分謹慎地說：就是川津雅之先生。

我還是無法說話。

「我們想要請教您一些問題。」刑警又開口說道。他們站在玄關，大門還開著。我麻煩他們先到附近的咖啡廳稍等，於是刑警們點點頭，靜靜離開了。我在他們走了之後，依舊待在玄關，呆呆地望著門外。沒過多久，我深深地嘆了一口氣後把門關上，回到寢室更換外出服。當我站在穿衣鏡前，想要擦點口紅的時候，嚇了一跳。

鏡子反映著我疲倦異常的面容，似乎連做出一點表情都覺得吃力。

我將目光從鏡子裡的自己臉上移開，調整呼吸之後，再重新和鏡子裡的我四目交接。這次的我就變得有點不太一樣了，我認同地點點頭。喜歡他是千真萬確的事實，而自己喜歡的人如果死掉了，會感到悲傷也是理所當然。

幾分鐘之後，我到了咖啡廳，和刑警面對面坐著。這是我時常光顧的店，有賣蛋糕。蛋糕很爽口，一點都不會過分甜膩。

「他是被殺害的。」

刑警像是在宣布什麼一般說道。不過，我並沒有為此感到驚訝。這是預想中的答案。

「請問他是怎麼被殺死的呢？」我問。

「用十分殘忍的方式。」刑警皺起眉頭。

「後腦勺被鈍器重擊後，被丟棄在港口邊。簡直像是隨手亂扔的垃圾一樣。」
我的男朋友，像垃圾一樣被人隨手丟棄了。
刑警輕輕咳了一聲後，我抬起頭。
「那致死原因就是顱內出血之類的嗎？」
「不。」他說完，重新端詳我的臉之後，再度開口說道：「現階段還無法作出任何結論。後腦的地方是有被重擊的痕跡，不過在解剖結果出來之前，沒辦法說什麼。」
「這樣嗎？」
也就是說，兇手有可能是用別的方法先把他殺死，再重擊他的後腦勺一記之後才棄屍的吧！倘若真是如此，為什麼兇手需要做到這種程度呢？
「接著想請問一下，」我大概一臉恍神的模樣吧，所以刑警才會開口叫我，「您好像和川津先生相當親近嗎？」
我點點頭，其實沒有什麼否認的理由。
「是情侶嗎？」
「至少我是這麼覺得。」
刑警問了我們相識的經過，我也照實回答。雖然怕造成冬子的困擾，但我最終還是說出了她的名字。
「您最後一次和川津先生交談是什麼時候呢？」

我想了一下，回答：「是前天晚上，他約我出去的。」

在餐廳吃飯，然後到酒吧喝酒。

「你們聊了些什麼呢？」

「很多……其中，」我低下頭，將視線焦點放在玻璃製的菸灰缸附近，「他曾經提到自己被盯上了。」

「被盯上？」

「嗯。」

我把前天晚上他跟我說的話告訴刑警。很明顯的，刑警在聽完之後，眼睛散發出熱切的光輝。

「這麼說來，川津先生自己心裡其實有底了嗎？」

「可是沒有辦法斷定。」

他也沒斷言過自己真的知道什麼。

「那麼，您對這件事有什麼頭緒嗎？」

我頷首說：「不清楚。」

之後，刑警開始向我詢問他的交友關係和工作等等的事情。我幾乎可以說是完全不知道。

「那麼請問您昨天的行蹤是？」

最後一個問題是我的不在場證明。對方之所以沒有提到詳細的時間點，大概是因為正確的死亡時間還沒有判定出來吧！不過就算有了精確的時間點，我的不在場證明對於釐清案情還是一點幫助也沒有。

「昨天我整天都待在家裡工作。」我回答道。

「如果您可以提出證明的話，我們在處理上會方便很多。」

刑警盯著我看。

「對不起，」我搖搖頭，「可能沒有辦法。家裡只有我一個人，而且在這段時間內，也沒有人來訪。」

「真是可惜。令人覺得可惜的事情還真是多呢！百忙之中占用您的時間，真是不好意思。」

刑警說完便站了起來。

當天傍晚，冬子如我預期一般出現了。她的呼吸很急促，甚至讓我以為她是狂奔過來的。我開著文字處理機，在一個字都還沒鍵入之前，拿了一罐啤酒想要喝。在喝啤酒之前我先哭了一陣子，等到哭累了才開始喝酒。

冬子看著我的臉說。

「妳聽說了嗎？」

「刑警來過了。」

我回答。她剛聽到的時候好像有些驚訝，不過很快地又像是覺得理所當然一般默默地接受我的答案。

「妳有什麼線索嗎？」

「線索是沒有，不過我知道他被人盯上了。」

接著我告訴張口結舌的冬子前天我和川津雅之的對話內容。她聽完以後，像之前的刑警一樣遺憾萬千地搖搖頭。

「有什麼妳可以做的事嗎？比方說跟警察討論什麼的。」

「我不知道。不過，既然他沒有跑去告訴警察，想必也是有原因的吧！」

冬子又搖搖頭。

「那妳也沒有頭緒嗎？」

「是呀。因為……」我停頓一下，繼續說：「因為關於他的事，我幾乎什麼都不知道。」

「是嗎？」

冬子看起來似乎很失望，和早上的刑警露出了一樣的表情。

「我從剛才開始，就一直在想著他的事，」我說：「但是還是什麼都不知道。他和我兩個人在交往的時候，都在自己身邊劃了一條界線，以不侵犯彼此的領域為原則。而這次的事件，剛好發生在他的領域裡面。」

妳要喝嗎？我問冬子，她點點頭，我便走到廚房幫她拿啤酒。接著她的聲音從我身後傳來。

「在他和妳聊天的時候，有沒有其他什麼事是讓妳覺得印象深刻的呢？」

「最近我們幾乎沒聊到什麼啊！」

「應該還是會說些什麼吧？難不成你們都是一見面就馬上上床嗎？」

「差不多是那樣哦。」

我這麼說的同時，感覺自己的臉頰好像稍微抽動了一下。

4

兩天後，他的家人替他舉辦了葬禮。我搭乘冬子駕駛的奧迪車，前往他位於靜岡的老家。很意外的，高速公路的路況十分順暢，所以從東京到他靜岡的老家只花了兩小時左右的時間。

他的老家是棟兩層樓的木造建築物。四周是圍著竹籬笆的寬廣庭院，主要用途是家庭菜園。

大門邊有兩位女性靜靜地站著。其中一個是年過六十的銀髮老婦人，另外一個是身材高眺纖細的年輕女性。我想那應該是他的母親和妹妹吧。

來參加葬禮的人當中，有一半是他的親戚，另一半則是他在工作上的夥伴。不知道為什麼，我一眼就可以看出來從事出版工作的人和其他一般人的差異性。冬子在那些人之中發現了自己認識的人，於是走過去和他攀談。那是個皮膚黝黑、小腹稍微突出的男人，聽說是川津雅之的責任編輯。透過冬子的介紹，我才知道他姓田村。

「不過真是除了驚訝之外，再也沒有別的感覺了啊。」

田村一邊搖著他肥胖的臉，一邊這麼說道。

「根據驗屍結果，他是在屍體被發現的前一天晚上被殺害的。好像是毒殺哦。」

「毒？」

我第一次聽到這個消息。

「聽說是農藥的一種。被毒死了以後，好像還被榔頭之類的東西重擊了腦袋呢！」

「……」

一種莫名的感覺浮上我的胸口。

「他那天晚上似乎去了一家平日經常光臨的店裡吃東西，由當時吃的東西的消化狀態看來似乎可以作出正確的推測，所以這個推測好像可信度非常高。啊！這些事情您應該已經知道了吧？」

我不置可否，但是輕輕地點了點頭，接著問道：

「那推測的死亡時間大概是幾點鐘呢？」

「大約是十點到十二點左右，警方是這麼說啦！不過其實啊，我那天有問他哦，說如果有時間要不要一起去喝一杯之類的。結果他拒絕了我，說是已經和別人先約好了。」

「這麼說來，就是川津雅之和某個人約好要見面囉？」冬子說。

「好像是啊，早知道會發生這種事，我就應該窮追猛打地問出他要去赴誰的約了。」

田村非常後悔地說道。

「這件事情，警察知道嗎？」

我問。

「當然囉，所以，他們現在好像也很積極地在尋找當時和川津雅之見面的人，不過聽說還是毫無線索啊。」

他說完以後，緊緊咬住下嘴唇。

當上香儀式結束，我正打算回去的時候，一個約莫超過二十五歲的女子走到田村身邊和他打招呼。這個女人的肩膀比一般女性要來得寬，感覺十分男性化，髮型也是男孩子氣的短髮。

田村對那個女人點點頭之後，開口問道：

「最近妳沒和川津先生碰面嗎？」

「沒錯，因為從那次之後，我們就再也沒有一起合作了。川津先生應該也覺得自己跟我不太合吧！」

這個十分男性化的女人像個男人似地說道。不過，她和田村可能沒有那麼熟稔。在交換了這麼兩句話之後，她就對我們稍微點頭示意，從我們面前走掉了。

「她是攝影師新里美由紀。」

在她走遠了之後，田村小聲地告訴我。

「以前曾經和川津一起工作過呢。兩人的足跡遍及日本各地，川津先生寫紀行文，她則負責照相。應該有在雜誌上連載哦，不過聽說好像很快就停止了。」

這已經是一年前的事了呢。他再補上這一句。

這讓我又再次發現自己對於川津工作方面的事一無所知這個事實。搞不好從現在開始，我會漸漸知道有關他的一切也說不定，只是這又有什麼用呢？

5

葬禮過了兩天之後的那個傍晚，我正在做著和以前一樣的工作，感覺距離上次工作已經好久似的。這個時候，放在文字處理機旁那具設計時尚的平面電話響了起來。拿起話筒後聽到的聲音，微弱得像是透過真空管傳過來的。我甚至還以為是我的耳朵出了什麼問題。

「不好意思，能不能請您大聲一點說話呢？」

我這麼說完後，耳邊突然聽到「啊」的一聲。

「這個大小的聲音還可以嗎？」

是個年輕女性的聲音。因為有點沙啞，所以反而更聽不清楚了。

「呃……可以了。請問您是哪位？」

「那個……我叫川津幸代，是雅之的妹妹。」

「哦。」

參加葬禮的畫面在我腦海中浮現。那個時候，我只跟她點了點頭而已。

「其實我現在在哥哥的房間裡。那個……就是想說要整理一下他的東西。」

她還是用著很難讓我聽清楚的聲音說道。

「這樣啊。有什麼我能幫上忙的地方嗎？」

「不用了，沒關係，我一個人應該可以搞定。今天只是整理，運送就等明天搬家公司來的時候再處理就好了。然後那個……我打電話給妳，其實是有些事情要跟妳討論一下。」

「討論？」

「是的。」

她要討論的事情是這麼一回事——她在整理雅之的東西時，從壁櫥裡翻出了非常大量的資料和剪下來的報章雜誌。這些東西當然也可以當成他的遺物，直接帶回靜岡老家，不過若是這些東西能帶給比較親近的人幫助的話，她想雅之也會很高興的。如果可以，現在就叫快遞送過來給我——

這對我來說，當然是求之不得的好事。他的資料，可說是自由作家挑戰各種領域之後留下來的寶庫。而且說不定還能透過這些資料，多了解一下活著時的他。於是我答應了她的要求。

「那我就盡快叫人送過去。如果現在馬上送去的話，不要的東西還來得及拿去回收。那個……除了這件事之外，妳還有沒有別的事需要幫忙呢？」

「別的事？」

「就是……比如說有沒有東西放在這個房間忘記帶走啊？或是哥哥的東西中，有沒有什麼是妳想要的？」

「忘記帶走的東西是沒有，」我看著擺在桌上的手提包，裡頭放著他房間的備用鑰匙。「不過倒是有東西忘了還給他。」

當我說了忘記還給他的東西是備用鑰匙時，川津雅之的妹妹告訴我直接用郵寄的就可以了。不過，我還是決定親自跑一趟。一來用郵寄的很費事，二來我覺得再去最後一次已逝戀人的房間，也沒什麼不好的。不管怎麼說，我們也交往了兩個月。

「那我就在這裡等妳過來。」

川津雅之的妹妹的聲音，直到最後都還是很小聲。

他的公寓位於北新宿，一樓的一〇二號房就是他的住處。我按了門鈴之後，在葬禮時看過的那個高高瘦瘦的女孩子出現了。瓜子臉，配上高挺的鼻梁，無疑是個美人胚子。可惜的就是鄉土味太重了，平白糟蹋了那個漂亮的臉蛋。

「不好意思，還麻煩妳跑一趟。」

她低下了頭，替我擺上室內拖鞋。

當我脫下鞋子、穿上拖鞋的時候，有聲音從屋子裡傳來，接著某個人的臉出現了。

如果我記得沒錯，這張探出來的面孔正是在葬禮上見過的女性攝影師，新里美由紀。

我們兩人的目光一交會，她就低下了頭，我也帶著些微的疑惑對她點頭示意。

「她好像曾經跟哥哥一起工作過。」雅之的妹妹對我說：「她姓新里，我跟她也才剛見面。因為她說之前受了哥哥很多照顧，所以希望我能讓她幫忙整理這些東西。」

接著她把我介紹給新里美由紀：哥哥的情人，推理作家——

「請多指教。」

美由紀用和葬禮時一樣的男性化聲音說完，又在屋子裡消失了蹤影。

「妳有告訴那個人明天就要搬家的事嗎？」

美由紀的身影消失了之後，我問幸代。

「沒有，不過她好像是知道不是今天就是明天，所以才來的。」

「是哦……」

我抱著不可思議的感覺，曖昧地點了點頭。

房間已經整理得差不多了，書架上的書籍有一半已經收到紙箱裡去，廚房的壁櫥也空蕩蕩的，電視和音響則是只有配線被拔掉而已。

我坐在客廳的沙發上，然後幸代替我倒了茶。看來這類的餐具好像還留著。幸代接著把茶端到在雅之房間裡的新里美由紀。

「我常常聽哥哥說起妳的事。」她面對我坐了下來，然後用十分冷靜的口吻說道：「他說妳是一個工作能力很強，很棒的人。」

這大概是客套話吧，即使如此，卻不會讓我有不好的感覺，臉甚至還有點紅了起來。

我一邊啜飲著剛泡好的茶，一邊問她：

「妳經常和妳哥哥聊天嗎？」

「嗯，因為他大概每隔一、兩週就會回老家一次。哥哥因為工作的關係，常要到處跑來跑去，而我和媽媽最期待的，就是聽他說些工作時遇到的事情了。我在老家附近的銀行工作，所以對外界的事情幾乎完全不了解。」

她說完，也喝了口茶。我發覺她講電話時的小音量，應該是天生音質的緣故。

「得把這個還給妳才行。」

我從皮包裡拿出鑰匙放在桌上。幸代看了鑰匙一會兒之後，開口問我：

「妳和哥哥有結婚的打算嗎？」

雖然是個令人困擾的問題，但也不是不能回答。

「我們從來沒談過這方面的事。」我說：「一方面不想綁住對方，而且我們都知道，結了婚只會為對方帶來不好的影響。再者……嗯，我們也都還不夠了解彼此。」

「不了解嗎？」

她露出相當意外的表情。

「不了解，」我回答道：「幾乎是完全不了解。所以我不知道他為什麼會被殺害，也沒有任何頭緒。甚至連他過去從事什麼樣的工作，我也沒問過……」

「是嗎？……工作方面的事情也沒說過嗎？」

「他不願意告訴我。」

這才是正確的說法。

「啊，這樣的話，」幸代起身走向放東西的地方，從一個裝橘子紙箱般大小的箱子裡，拿出一疊類似廢紙綑的東西放在我面前。「這個好像是這半年來哥哥的行程表。」

原來如此，上面密密麻麻地寫了各式各樣的預定行程。其中和出版社的會議以及取材等等的，好像特別多。

我腦海裡突然閃進一個念頭：說不定和我的約會也寫在這些廢紙當中呢！於是我開始仔細翻查他最近的行程。

看到他被殺害之前的日期上方，果然記了和我約會的店名與時間。那是我和他最後一次見面的日子。看到這個，一陣莫名的戰慄感突然向我心頭襲來。

接著吸引我的目光的，是寫在同一天的白天欄位，一行潦草的字跡。

「16:00　山森運動廣場」

山森運動廣場，就是雅之加入會員的運動中心。他有時候會跑去那裡的健身房流流汗。像這樣的事情，我還算清楚。

不過令我在意的是，他最近腳痛，照理說應該是不能去健身房。還是說那天他的腳已經康復了呢？

「怎麼了嗎？」

因為我陷入沉默，所以川津雅之的妹妹好像有點擔心地看著我。我搖搖頭回答道：

「不，沒什麼。」

說不定真的有什麼，不過我現在對自己的想法沒有任何信心。

「這個可以暫時借我嗎？」

我讓她看了一下手上的行程表。

「請拿去。」她微笑。

話題中斷，我們兩個人對話中出現了一小段空白，這時新里美由紀從雅之的工作間走了出來。

「請問一下，川津先生的書籍只有那些嗎？」

美由紀用質疑的口吻出聲問道，她的語氣中隱含著責備的感覺。

「嗯，是的。」

聽完幸代的回答之後，這個年輕的女攝影師帶著困惑的表情，稍微將視線移向下方。不過很快地，她又像下了什麼決心一般抬起頭。

「我說的不只是那些書籍，其他像是工作方面的資料，或是集結成冊的剪報等等的，有類似這樣子的東西嗎？」

「工作方面的？」

「您是不是有什麼特別想看的東西呢？」

我向她詢問。她的目光突然變得非常銳利。

我繼續說：

「剛才幸代打電話給我之後，已經把他的資料全部寄到我家去了。」

「已經寄了？」

看得出來她的眼睛又睜大了一些，接著用那個瞪得老大的眼睛看著幸代。

「真的嗎？」

「嗯。」幸代回答：「因為我覺得這樣處理最好……有什麼問題嗎？」

我看見美由紀輕輕咬住下唇。她維持了這個表情一會兒之後，把視線轉到我這裡來。

「那麼那些東西應該會在明天送達妳的住處吧？」

「這個我也不確定……」

我看著幸代。

「市區內的話，應該明天就會到了。」

她點點頭，對著新里美由紀回答。

「是嗎？……」

美由紀直挺挺地站著，好像在思考什麼一般眼神低垂。過沒多久她就再度抬起頭來，感覺已經作出了決定。

「其實在川津先生的資料中，有一件我非常想看的東西。因為工作上需要，所以不管怎麼樣一定要……」

「是嗎？……」

不知道為什麼，我的心中浮起了奇妙的感覺。也就是說，她是為了拿到那份資料才來幫忙整理房子的。要是這樣，在一開始的時候說清楚不就好了？我心裡這麼想，但是沒說出來，只試探性地問她：

「那妳明天要過來我家拿嗎？」

她的臉上閃過一絲安心的表情。

「方便嗎？」

「明天的話沒問題哦！妳說的那個資料一定要明天一大早拿到嗎？」

「不，明天之內拿到就可以了。」

「那就麻煩妳明天晚上過來好了。我想到了那個時間，東西也一定已經送到了。」

「真是麻煩妳了。」

「哪裡。」

在我們決定了時間之後，新里美由紀又補上一句。

「不好意思，還有一個不情之請。就是在我去妳家之前，希望妳先不要將那些資料拆封。如果弄亂了，我要的資料恐怕會很難找。」

「哦……好啊！」

這又是一個奇妙的要求，不過我還是答應她了。因為就算資料寄到我這裡，我也不會馬上拿出來研究。

我們之間的話題似乎沒有再繼續下去的跡象，而我自己也有一些需要好好思考的事情，於是我站了起來。走出房間之際，新里美由紀又跟我確認了一次約定的時間。

6

這天晚上，冬子帶了一瓶白酒來我家。原本她公司就距離這裡很近，所以她常常在下班的時候順道繞過來，也經常就這麼直接在我家過夜。

我們一邊品嘗著酒蒸鮭魚，一邊喝著白酒。雖然冬子說是便宜貨，但其實味道還不錯。當瓶中的白酒剩下四分之一左右的時候，我站起身，把放在文字處理機旁邊的紙綑拿過來。這是去雅之家時，幸代給我的雅之的行程表。

在告訴冬子白天發生的事情始末之後，我指著行程表上那個「16:00　山森運動廣場」。

「我覺得這裡有點怪怪的。」

「川津本來就有在跑健身中心啊。」

冬子用一副沒什麼大不了的表情看著我。

「很奇怪耶。」

我啪啦啪啦地翻起行程表。

「看了這個行程表以後，我發現除了這天之外，其他地方完全沒有寫上和健身中心相關的行程。我之前曾經聽他說過，他並沒有特別安排固定哪幾天要去健身，多半都是看看什麼時間有空，就直接過去健身中心。反過來說，就是為什麼唯獨這天的健身行程會特別寫下來呢？我覺得這件事有點詭異。而且最重要的是，他這陣子腳痛，照理說運動什麼的應該會暫停才對。」

「嗯。」冬子用鼻子應了一聲，歪歪頭。「如果事情如妳所說的話，的確有點怪。那妳有想到什麼理由嗎？」

「嗯，我從剛剛開始就一直在想，這會不會是他和某個人相約要見面的地點啊？」

冬子還是歪著頭，於是我繼續說道：

「就是說，不是在下午四點的時候去山森運動廣場，而是在那個時間和一個名字叫作山森的人約在運動廣場碰面。會不會是這樣呢？」

我看了他寫的行程之後，發現有很多行程都是以時間‧姓名‧場所的順序來記錄的，比方說像是「13：00　山田　××社」這樣。所以我才會試著用這種感覺來解讀。

冬子點了兩、三次頭之後，說：「可能真的是這樣吧。名字叫山森的人，說不定就是山森運動廣場的老闆哦，會不會是去採訪呀？」

「這麼想或許比較妥當吧。」我稍微猶豫了一下，才又開口說：「不過我也有一種『並非如此』的感覺。之前跟冬子說過了吧？他曾經告訴我說他被某個人盯上的事。」

「對啊。」

「那個時候，他還對我說了『原本是不應該讓妳知道的，但是為什麼我會說出來呢？大概是白天那段談話的關係吧』，這麼一段話。」

「白天那段談話？那是什麼？」

「我也不知道，因為他說『沒什麼』。但是說不定我和他的這段談話內容，在那天白天的時候，他也對某個人說過。」

「那天就是，」冬子用下巴對著那份行程表，「下午四點，山森……的那天嘛！」

「正是如此。」

「嗯。」冬子用同情的眼神看著我，「我是覺得也有可能是妳想太多了。」

「可能吧。」我老實地點點頭，「不過因為心裡像是打了個結一樣，我想要趕快把它解開。明天我會打電話到運動廣場去問問看。」

「妳是想要跟山森社長見面嗎？」

「如果能夠見得到面的話。」

冬子一口喝乾了玻璃杯裡的酒，然後「唉」的一聲，嘆了口氣。

「我還真有點意外呢！沒想到妳會變得這麼拚命。」

「有嗎？」

「有啊。」

「因為我很喜歡他呀。」

我說完之後，把瓶子裡剩下的酒分別倒入我們兩人的杯子中。

第二章

他留下來的東西

1

最後冬子就留在我家過夜，隔天早上，她替我打了通電話到山森運動廣場申請採訪許可。因為她覺得用出版社的名字，對方會比較放心。

採訪的申請似乎順利得到允許了，可是對方對於和社長見面這個請求，好像有點猶豫。

「沒辦法跟社長說話嗎？作家說無論如何都希望能夠直接和社長見上一面，好好聊聊。」

那個作家就是我。

過了一會兒，我聽到冬子報上我的名字。想必是因為對方問了作家姓名的緣故。我的作品銷售量不佳，對方應該不會知道這個名字吧？會不會就因為沒聽過這個作家，而一口回絕我們的請求呢？我感到有點不安。

不過，像是要消除我的不安一般，冬子的表情突然明亮了起來。

「這樣子嗎？是的，請稍等一下。」她用手掌蓋住話筒，壓低聲音對我說：「對方說今天去的話沒問題。妳可以吧？」

「沒問題。」

於是，冬子就在電話裡和對方決定了見面時間——今天下午一點在櫃臺。

「看來山森社長知道妳的名字呢！」

放下電話，冬子一邊做出了一個V字形勝利手勢，一邊說道。

「誰知道？社長應該是沒聽過我的名字，但他可能覺得可以順便替運動廣場做宣傳吧！」

「不是這種感覺哦！」

「妳太多心了。」

我的嘴角微微上揚。

從我家到運動廣場只要一個小時就綽綽有餘了，我算算時間，決定在中午之前出門。

但是，當我正好把一隻腳放進鞋子裡時，門鈴響了。

打開大門，就看到一個身穿被汗水濡濕的深藍色T恤、給人感覺不太乾淨的男人站在門口，他用不帶任何感情的聲音說了聲：「快遞。」看來幸代寄給我的東西很快就送來了。

我脫掉只穿了一隻腳的鞋子，回到房裡拿印章。

送來的東西一共有兩箱，箱子的大小比那天看到的橘子紙箱還要大上一倍。從膠帶的黏貼方式不難看出幸代一絲不苟的性格。

「好像很重呢！」

我盯著兩個箱子說：「非常重哦，因為裡面裝的是文件資料啊。這種類型的都相當重。」

「要不要我幫妳搬？」

「好啊！」

我請送快遞的男人幫我把東西搬到屋子裡去。真的有夠重，我甚至一度懷疑裡面是不是裝了鉛塊。

當我準備去搬第二個紙箱的時候，某個東西在我視線範圍內動了一下。

——咦？

我反射性地把臉轉到那個方向，感覺好像看到某個東西瞬間消失在走廊的轉角處。於是我停下手邊的動作朝著那個方向看，結果看到了一個人探出頭來窺視之後，馬上又把頭縮回去。我只知道那個人戴了眼鏡。

「欸。」我輕輕碰了一下那個送快遞的男人的手腕，「那邊的陰影處好像站了一個人。你剛才來的時候，那個人就已經在了嗎？」

「咦？」

他瞪圓了眼睛朝著我說的那個方向看，然後好像想起什麼似的點了點頭。

「啊啊，在哦！有一個怪怪的老頭子站在那邊。我把箱子用手推車運送過來的時候，他就一直盯著這些箱子看。不過我瞪了他一眼之後，他就把臉轉開了。」

「老頭子？」

我再度望向轉角的地方，然後穿上腳邊的夾腳拖鞋，快步朝那個方向走去。只是當我走到轉角的時候，卻已經一個人影也看不到了。我看了看電梯，發現電梯正在下樓。

回到家裡之後，出來迎接我的是一臉不安的冬子。

「怎麼樣？」

「人已經不在了。」

於是，我便向這個送快遞的男人打聽老人的相貌。看得出來他很努力地在回想。

「那個老人沒什麼特別的。白頭髮，身高也很一般吧！穿著一件淺咖啡色的上衣，整個人的打扮還滿得體的。長相的話，因為只是匆匆一瞥，所以我不太記得了耶。」

我向他道了謝，目送他離開之後，趕緊把門關上。

「冬子，妳應該沒有爺爺輩的朋友吧？」

話才從嘴巴出來，我就覺得自己像是說了個無聊的笑話。冬子也沒有回答，反而認真地提出自己的疑問。

「他會是在看什麼呀？」

「如果他是在監視我家的話，那應該是有事找我吧！」

說穿了，我也不知道那個老頭子到底是不是真的在偷看我家。搞不好只是散步散到一半，碰巧經過而已。不過，在狹窄的公寓走廊上散步，也是有點不太對勁。

「對了，這個大型的包裹是什麼東西？」

冬子指著那兩個紙箱問我，所以我就對她說明箱子裡面裝的東西，順便還告訴她，新里美由紀今天會來的事。因為美由紀今天晚上會過來我家，所以一定要在那個時間之前回來才行。

「也就是說，川津的過去都封在這裡面了。」

冬子用一種感觸很深的口氣說道。她這麼一說，我就有種馬上拆開紙箱的衝動，不過因為和美由紀的約定在先，我還是忍下來了。而且最重要的是，現在是我非出門不可的時間了。

走出家門，我搭上電梯，這個時候，一個想法突然閃過我的腦海：那個老頭子會不會不是在偷看人，而是在偷看快遞送來的包裹呢？

在前往運動廣場的途中，冬子告訴我關於社長山森卓也的種種。她覺得要是事前一點預習功課都沒做的話，可能不太好，所以今天早上急急忙忙地替我查了一些資料。

「卓也先生的岳父是山森秀孝，就是山森集團家族的。也就是說，卓也先生是入贅的。」

山森集團的主力企業是鐵路公司，最近還將觸角伸到不動產去。

「卓也先生在學生時代曾經是游泳選手，好像有一段時間還以參加奧運為目標呢！唸大學和研究所的時候主修運動生理學，畢業之後進入山森百貨公司。至於山森百貨公司聘用他的原因，則是當時那個運動中心剛開幕，所以需要具備專業知識的員工。他在工作表現好像也沒讓公司失望，提出的想法和企劃招招中的，讓原本抱著賠錢準備的運動中心賺了大錢。」

雖然以一個游泳選手來說，他沒能成什麼大器，但是以一個企業家來說，卻是一流的。

「他三十歲的時候，才第一次和山森秀孝副社長的女兒見面，後來兩個人就結婚了。隔年，運動中心升格為獨立企業，也就是現在的山森運動廣場。在那之後八年，卓也先生拿到了實際的經營權，也就是升任社長的意思。這是前年的事了。」

「真像是連續劇裡演的成功故事啊！」

我說出心裡最直接的印象。

「當上社長之後，他還是很盡心地在工作哦。到各地演講，順便進行宣傳，最近還被冠上運動評論家、教育問題評論家之類的稱謂。甚至還有謠傳，說他差不多要開始準備進入政治界了呢。」

「野心真不小。」我說。

「不過好像也樹敵很多哦。」

當冬子露出了擔憂的眼神時，地鐵到站了。

山森運動廣場是個相當完備的綜合運動中心，除了運動中心、健身房之外，還有室內游泳池和網球場。建築物的頂樓甚至有一個高爾夫球練習場。

在一樓櫃臺說明來意之後，一位長頭髮的櫃臺小姐請我們直接去二樓。二樓是運動中心所在地，辦公室好像就在裡面。

「現在做這種生意最賺錢了。」在我們搭乘電梯的時候，冬子對我說：「在這個物質過剩的時代，想要的東西幾乎可說是什麼都可以得到，剩下的就只有健康美麗的身體了。加上日本人原本就很不擅長度過休假日，如果來這種地方的話，就可以有效利用時間，大家也會比較安心吧。」

「原來如此啊。」

我欽佩地點點頭。

如同櫃臺小姐所言，二樓是運動中心。樓面非常寬廣，但是在裡面運動的人卻多到讓我完全感覺不到這點。距離我們最近的，是一個在和胸肌訓練器材搏鬥的發福中年男子，在他對面有一個老奶奶在跑步。老奶奶脖子上掛著毛巾，努力地移動腳步，不過她的身體卻絲毫沒有前進。仔細一看，我才發現原來她是在一條寬寬的傳送帶上跑步，因為傳送帶一直不停地迴轉，老奶奶的身體才會一直停留在原地。

還有一個在騎腳踏車的肥胖婦人。當然，這也不是普通的腳踏車，而是固定在地板上，只有前方的金屬板不停迴轉的代替品。她就像是個參加全能障礙賽的選手一般，臉上掛著好像要跟誰拚命似的表情，移動著她肥胖的雙腳。要是在旁邊接上發電機的話，我想她應該可以提供一整層樓的電力吧！

當我們穿過這一大群像毛毛蟲般蠕動，一邊流出滾燙汗水、吐出溫熱氣息的人們之後，來到了有氧教室前面。一大片的玻璃窗戶讓教室裡頭的光景一覽無遺。我看見三、四十個穿著華麗緊身衣的女性，跟隨著舞蹈老師的動作舞動著。

「我發現一件好玩的事了。」我邊走邊說：「這就跟在學校的教室一樣呢！離老師越近的人，表現越好。」

我們一面看著左手邊的教室，一面繼續向前走，在盡頭的地方有一扇門。打開門之後映入眼簾的是兩排辦公桌，每一排都有十張，旁邊有和辦公桌差不多同樣數量的人或站或坐。桌上也都擺著成套的電腦設備，乍看之下還讓人搞不太清楚這究竟是什麼辦公室。

由於每個人看起來好像都十分忙碌，冬子便向座位最靠近門邊、一個感覺挺穩重的女性說明我們的來意。她的年齡大約是二十五歲上下，身穿一件淺藍色的短罩衫，頭髮微鬈。她聽完冬子的話之後，微笑著點了點頭，接著拿起手邊的話筒按了一個鈕。電話好像很快就被對方接起來了，於是她便對話筒另一端的人通知我們的來訪。

不過，對方並沒有馬上和我們見面。

專門處理這些事務的她一臉抱歉地看著我們。

「非常抱歉，因為社長手邊突然有緊急的工作，所以沒辦法現在馬上和兩位見面，要差不多一個小時之後才行。」

我們兩個人互看了一眼。

「那個……所以，」這個事務小姐更謹慎地開口說：「社長說，在這段等待的時間，請兩位一定要體驗一下敝公司的運動設施。然後，他希望待會兒能聽聽兩位的感想。」

「啊？可是我們什麼都沒有準備。」

我用慌張的口氣說道。她聽了之後，像是完全理解似地點點頭。

「訓練衣或是泳衣，我們這裡全部都有準備。當然，若是用完之後，兩位想帶回去也沒問題。」

我看著冬子，做出一副莫可奈何的表情。

十幾分鐘後，我們兩個人已經在室內游泳池裡游泳了。可以免費拿到塑身泳裝，讓我們心情大好。而且這裡的會員專屬的制度，也可以讓我們悠悠哉哉地游泳。雖然因為擔心脫妝問題的關係，臉不能碰到水，但我們兩個人還是暫時忘記了盛夏的暑氣，在游泳池中盡情地伸展四肢。

換好衣服，補了妝之後，我們前往辦公室。剛才的那位女性帶著微笑迎接我們。

「游泳池怎麼樣呢？」

「非常舒適。」我說：「山森先生呢？」

「是的。請從那邊那個門進去。」

她手指著最裡面的那扇門。我們向她道了謝之後，朝著那扇門走去。

敲門後，一個男人的聲音回了聲：「請進。」冬子先進去，我則跟在她身後。

「歡迎。」

迎面而來的是一張感覺很高級的大桌子，坐在桌子後方的男人站了起來。他的身高不算高，但是肩膀很寬，身上的藍黑色西裝很合身。自然不做作的劉海和曬得恰到好處的膚色，感覺非常年輕，不過其實他應該已經超過四十歲了。濃濃的眉毛和堅毅的嘴唇，給人一種不服輸的強烈印象。

「真是抱歉，突然跑出一件非解決不可的工作來。」

他用清亮的聲音說道。

「哪裡。」

我們兩個同時點了頭。

面對我們的左側也有一張桌子，那裡有一位穿著白色套裝的年輕女性，大概是秘書吧！一雙像貓咪一樣往上吊的眼睛，讓人感覺她的好勝心很強。

我們報上姓名之後，他也給了我們名片，上面印著「山森運動廣場　社長　山森卓也」。

「這個是最新的作品。」

冬子從公事包中拿出我最近出版的一本書，送給山森社長。

「哦——」

他像是在鑑賞茶具一樣，從各種角度觀察我的書，最後他把視線停留在書的封面和我的臉之間做比較。

「我可是好久沒看推理小說了呢！很早以前曾經看過福爾摩斯，之後就再也沒接觸了。」

我找不到可以接的話，所以還是保持沉默。這也不是什麼值得說「請您一定要讀一讀」的作品，但是如果說了「您還是不要看比較好」之類的，也很奇怪。

房間的正中央有一套會客用沙發組，在山森社長的邀請之下，我和冬子並排坐下。這是張坐起來感覺很舒服的皮沙發。

「那麼，兩位想要知道什麼事情呢？」

山森社長用穩重的表情和口吻問我們。我說因為我想把運動中心放在接下來的小說題材當中，所以想要知道它的營運方式和會員制度等相關資訊。這個回答和我之前跟冬子商量過的一樣。如果唐突地問及川津雅之的事，只會讓對方起疑心而已。

我開始針對運動中心的人員組合架構和經營方向提問題，基本上是想到什麼就問什麼。對於我的問題，山森社長也一一詳細回答，偶爾還會穿插一些玩笑話。中途秘書小姐曾替我們拿了咖啡進來，不過可能社長交代她不要留在房間裡的關係，她馬上就又出去了。

我為了製造機會喝了一口咖啡，然後盡可能不著痕跡地進入主題。

「對了，您最近好像有跟川津雅之先生見面吧？」

我個人覺得，這個問題還是切入得很突然，不過山森社長的表情完全沒變。嘴上依舊掛著微笑，反問我：

「川津雅之先生嗎？」

「是的。」

我回答完，覺得他看著我的目光似乎有所改變。

「您和川津先生是朋友嗎？」

他問我。

「嗯，算是。因為在他的行程表上寫著和山森先生見面的事，所以……」

「原來如此。」

山森社長慢慢地點了點頭。

「我和他見面了哦！上個禮拜。他也是說要來採訪。」

雅之果然來過這裡。

「請問他是來做什麼樣的採訪呢？」

「有關運動相關產業的。」他說完，臉上浮起一個若有所思的笑容，「說穿了，就是來調查這種生意現在能賺多少錢。我的回答則是：沒大家想像的那麼多。」

山森覺得很有趣似地說完，從桌上的菸盒中取出一支 KENT 香菸放進口中，再拿起放在同一張桌上、有水晶裝飾的打火機，將香菸點燃。

「您和川津先生之前就見過面了嗎？」

我問完之後，他歪了歪頭，用夾著菸的右手小指摳了摳眉毛上方。

「之前就見過了。我偶爾也會去健身房鍛鍊身體，所以常常碰到他。他是個很不錯的男人呢。」

「那麼在那次採訪的時候，您們兩人的交談內容僅止於閒聊嗎？」

「還真的是只有閒聊而已呢。」

「請問一下，您還記得當時的談話內容嗎？」

「都是一些無聊的小事情。我家裡的事情，還有他結婚的事情等等。他還是單身漢呢！您知道嗎？」

「我知道。」

我回答道。

「是嗎？我那個時候勸他，趕快找個好女人定下來比較好。」

他說完，深深地抽了口菸，然後一邊吐出乳白色的煙霧，一邊笑著。不過當那個笑容消失之後，他反過來問我：

「對了，那個人怎麼了嗎？我想小說的取材應該不至於需要問到這些事情吧！」

他臉上沉穩的表情雖然沒變，但是雙眼射出來的目光，卻讓人感覺到某種強烈的壓迫感。我為了躲避他的視線，在一瞬間垂下了眼，整理完思緒後，才重新抬起頭來。

「其實他……死了。」

山森社長的嘴巴停留在好像說著「啊」的形狀。「他還很年輕吧……是生病的關係嗎？」然後他這麼問道。

「不是。他是被殺害的。」

「怎麼會……」他皺起了眉頭，「是什麼時候的事？」

「最近這幾天。」

「為什麼會……」

「我不知道。」我說：「有一天，刑警來我家告訴我的。被灌了毒藥之後，頭被打破，然後像垃圾一樣被丟到港口。」

看來他也沒有辦法在第一時間作出回答。過了一會兒，他才開口說道：

「是嗎？真是可憐啊！最近這幾天的事嗎……我完全不知情呀。」

「正確的說法是，他在和山森社長見面的兩天後被殺害了。」

「啊……」

「你和他見面的時候，他有沒有說什麼呢？」

「說什麼？妳是指……」

「比方說，像是暗示他自己會被殺害的內容。」

「沒那回事！」他的聲調突然提高，「要是真的聽到他說那種話，我是不會什麼都沒問就讓他走的。難道他曾經在別的地方說過類似的話嗎？」

「不，我不是因為這樣才問的。」

山森社長的眼睛散發出懷疑的光芒。

「只是有點在意……」

我說完，嘴邊浮上一個笑容。如果在這個話題上繞太久的話，會讓對方覺得更可疑吧。之後，我問社長可不可以再讓我們重新參觀運動中心一次。於是山森社長撥了內線電話，把我們的要求告訴了外頭的秘書。不一會兒，那個美女秘書帶著一個女人一起進到房間裡來。是剛才我們麻煩她很多次的那個女事務員，她好像是專門負責導覽工作的。

當我們跟著女事務員走出房間時，山森社長在我們後面說：「請慢慢參觀。」負責導覽的女事務員給了我們名片，上面印著「春村志津子」。我和冬子跟在她後面，開始參觀運動中心。

春村在帶我們走到健身房的時候，向我們介紹了那裡的主要教練石倉。石倉是一個年紀約莫三十歲左右的男人，像個健美選手一般——事實上說不定真的是——全身肌肉發達，然後穿著一件像是要炫耀這身肌肉似的薄T恤。臉孔是中年婦女一定會喜歡的類型，削得短短的頭髮也讓人覺得他很乾淨。從種種條件看起來，他給人的感覺像是一個成功的人。

「推理小說的題材？哦——」石倉非常明顯地對我展露出像是在估價般的視線，「那一定要讓在下拜讀哦！不過我想，類似健身房的健身教練被殺害這種故事，如果可以，還是盡量不要比較好啦！」

這些話在我聽來可是尷尬萬分，然而石倉本人卻像是說了個無關緊要的笑話一般，還少根筋地笑了起來。

「石倉先生是社長的弟弟。」離開健身房所在的樓層之後，志津子小姐告訴我們，「聽說好像也一樣是從體育大學畢業的。」

也就是說，山森卓也的舊姓是石倉嗎？石倉家的兄弟兩人，都順順利利地躲在山森家族的羽翼下。

在前往室內網球場的路上，有兩個女人朝著我們走過來，志津子小姐對她們低頭行禮。其中一人是中年婦人，另外一位是個嬌小的女孩，看起來像是國中生。這兩人可能是母女吧！中年婦人穿著一件偏黑色的洋裝，是個非常氣派的女性，戴著一副比她的臉還大的太陽眼鏡，鏡片是淡紫色的。女孩的皮膚很白，清透的大眼睛，視線看著中年婦人的後背。

婦人推了推太陽眼鏡，向志津子問道：

「山森在辦公室裡嗎？」

「是的。」志津子回答。

「嗯。」

婦人微微點了點頭，然後把目光轉向我們。冬子和我也稍微低下頭，不過那個婦人什麼也沒說，又把目光移回志津子小姐身上。

「那個，這兩位是……」

志津子小姐慌慌忙忙地把我們介紹給中年婦人認識。但是她並沒有特別對我們示好的意思，只用著不帶感情的聲音，說了一句「辛苦了」。

「這位是社長夫人。」

然後志津子小姐也向我們介紹眼前這位中年婦人。不知道為什麼，我早就猜到是這樣，所以並不怎麼覺得驚訝。

「承蒙山森社長親切地照顧了。」

由我做代表盡了禮數。

社長夫人對於我的致謝也沒有任何回答，只對著志津子小姐再次確認道：

「在裡面嗎？」

然後她就抓起那個女孩的右手，擺在自己左手肘附近的地方，輕聲對女孩說：「那我們走吧。」女孩聽了以後點點頭。

當社長夫人緩慢地踏出腳步之後，那個女孩也跟在後面。兩人開始往前走。

我們從後方目送了她們的背影離去，然後才開始繼續向前走。

「那個女孩叫作由美。」

志津子小姐用著感覺像是刻意壓低的聲音說。

「是山森社長的女兒嗎？」

我問完之後，她點點頭。

「生下來視力就很差……雖然不是全盲，但是好像不管怎麼矯正，視力都沒有變好。」

我不知道該怎麼回答，所以什麼也沒說。冬子也緊閉著嘴。

「不過因為社長認為她不能老是關在家裡，所以每個月都會讓她來這個中心運動好幾次。」

「因為先天條件的缺陷，對山森社長來說反而更憐愛她吧。」冬子說。

「那是當然的。」

志津子小姐回答的聲音帶著力量。

過沒多久，我們抵達了網球場。網球場有兩面，穿著短褲裙的老婆婆們正在練習回擊教練打來的球。教練也不光只是擊球，還會一邊喊著「好球」或是「多用一點膝蓋的力氣」，感覺十分忙碌。

「啊……請稍等一下。」

志津子小姐對我們說完，朝著走廊的地方走過去。我轉頭一看，發現一個身穿作業服的男人靠在臺車上等她。男人身材高大，黝黑的臉上戴著一副金邊眼鏡。鼻子下方蓄鬍，讓人不得不注意。當她走過去之後，男人的臉依然朝著我們，對她說了幾句話。她一邊回答，一邊向我們這裡投來閃爍的目光。

過了一會兒，她回來了。

「真是不好意思。」

「如果您有工作的話，那我們就在這裡……」

冬子說完，揮了揮手。

「沒什麼的。」

我看著那個穿著作業服的男人。他推著臺車繼續在走廊上前進。然後當他回頭望向這裡的時候，正好和我四目相交。於是他慌慌張張地移開目光，推著臺車的速度好像加快了些。

之後，志津子小姐帶我們參觀了高爾夫球練習場，在手上的簡介資料多到快拿不住時，我們才走出運動中心。志津子小姐送我們到門口。

運動中心的採訪行程就在這裡畫下句點。

2

在回程的電車上，我們開始發表彼此的感想。

「那個山森社長雖然什麼都沒說，可是我覺得他有點怪怪的。」這是我的意見，「總覺得他好像知道什麼，然後刻意隱瞞著。」

「看他說話的樣子，好像不知道川津雅之已經死了的事呢。」

「這點我也覺得很奇怪。自己的會員被殺死了，再怎麼不熟，也不可能完全沒有耳聞吧！」

冬子用一聲嘆息代替了回答，輕輕地搖了兩、三次頭。臉上的表情像是在說：目前的階段沒有辦法表達任何意見。

當然我也一樣。

和冬子分手回到家裡之後，工作室的電話響了起來。我慌忙拿起話筒，從電話那頭傳來一個似曾相識的聲音。

「我是新里。」對方說。

「是。」我回答之後看看時鐘，離我們約定的時間還很久。

「其實，我是想跟妳說不需要借川津先生的資料了。」

她的口氣好像是在對某件事情還是某個人生氣一般，有種尖銳的感覺。

「什麼意思呢？」

「今天我在調查別的東西的時候，偶然找到了我要的資料。之前給妳帶來困擾，真是不好意思。」

「那放在我這邊的東西，妳就不看了嗎？」

「是的。」

「那我拆封也沒關係了嗎？」

「嗯，沒關係。真是抱歉。」

「我知道了。」我說完這句話之後就掛上電話，看著放在屋子角落的那兩個紙箱。紙箱像是一對感情很好的雙胞胎似的，整齊地排在一起。

我脫下衣服，換上汗衫，再從冰箱裡拿出罐裝啤酒來喝，然後坐在沙發上，望著那兩個紙箱。箱子看起來好像是從搬家公司直接買來的，上面用醒目的顏色印著「搬家請找××」。

啤酒喝了一半之後，我突然注意到一件很奇妙的事。這兩個像是雙胞胎的紙箱，有些微的不同處。

那就是包裝的方式。和另外一個箱子比起來，其中一個箱子給人一種雜亂的感覺。封箱膠帶也貼得綴巴巴的，東貼一塊、西貼一塊，弄得亂七八糟，一點都不謹慎。

好奇怪哦——我這麼想。

今天早上快遞送來的時候，我記得自己還在心裡暗想著，這種謹慎的包裝方法，顯示出川津幸代一絲不苟的個性。膠帶也活像是用尺量過一般，貼得漂漂亮亮。兩個箱子都是——沒錯，兩個箱子都一樣。絕對沒有錯。

我喝光了啤酒，走到兩個箱子旁邊，仔細地檢查那個包裝雜亂的紙箱。說是檢查，其實也只是緊緊盯著紙箱的外表看而已。

因為光看著紙箱，還是什麼都不會知道，於是我撕開膠帶，打開了紙箱。紙箱裡面的書、筆記本和剪報本等，放置得非常凌亂。

我先把這個箱子擺在一旁，然後打開另外一個箱子。不出我所料，紙箱裡頭的東西擺放得很整齊。如同膠帶的黏貼方式一樣，反映出幸代的個性。

我離開那兩個紙箱，從酒架上拿出波本酒和玻璃杯，像是把身體拋出去一般，再次跌坐在沙發上。在玻璃杯中注滿了波本酒之後，我舉杯一口飲盡，然後胸口劇烈的心跳才稍微緩和下來。

平靜下來之後，我伸手拿起話筒，按下撥號鍵。電話鈴響了三聲之後，對方接起了電話。

「萩尾家，你好。」是冬子的聲音。

「是我。」

我說道。

「哦……怎麼了嗎？」

「我們被設計了。」

「被設計了？」

「好像已經有人潛入我家了。」

感覺她好像倒抽了一口氣。過沒多久，她又說道：

「有什麼東西被偷走嗎？」

「沒錯。」

「是什麼？」

「我不清楚。」話筒依然靠在耳畔，我搖了搖頭。「不過應該是非常重要的東西。」

3

隔天，我親自前往冬子上班的出版社。原因是為了去見當時在葬禮曾經碰過面的編輯田村。當然，安排我們見面的還是冬子。

在出版社的大廳會合之後，我們三個人進了附近的咖啡店。

「關於新里小姐的事情是嗎？」

田村拿到嘴邊的咖啡停了下來，帶著笑意的眼睛睜得圓圓的。

「是的，麻煩你告訴我新里小姐的事。」

「但是其實我也沒那麼清楚哦，我是川津的責任編輯沒錯，不過可不是新里小姐的責任編輯呢！」

「就你知道的範圍內說就可以了。」

冬子從一旁加上一句。一開始提到要找田村的人，就是她。

昨天和冬子通過電話後，我檢查了房間，發現自己的東西全都還在。存摺跟少量的現金都原封不動地擺著。唯一留下侵入者蹤跡的，就是那個紙箱的封箱方式。

「對方應該沒想到我會記得箱子的包裝方式吧？但是別看我這樣，其實我的觀察力是很強的。」

關於發現紙箱的變化這件事情，我對冬子這麼說道。

「真厲害啊。」她聽了，佩服地說：「結果犯人的目標就只是箱子裡面的東西嘛！妳對於這個，心裡有底嗎？」

「我只知道一件事。」

在發現川津雅之的資料被人拆封、偷走之後，我腦袋裡第一個浮現的人，就是在前幾分鐘打了電話給我的新里美由紀。前兩天還那麼心急地想要看資料的她，竟然突然打了通電話來說沒有必要了。我會覺得奇怪也是當然的吧。

「那這麼說來，是她偷走的囉？」

冬子的臉上寫滿了意外。

「當然我還不能確定。不過，她的行為從一開始的時候就很詭異啊。為了拿到那份資料，還特地跑去幫忙搬家什麼的……」

「但她不是已經跟妳約好，要直接去妳家拿資料了嗎？既然這樣，應該沒有偷竊的必要吧？」

「仔細想想，的確是如此。」我稍微沉澱一下思緒，然後果斷地說：

「如果說那個資料，對她來說是絕對不能讓別人看到的東西呢？難道她不會想要瞞過別人的耳目把它偷走嗎？」
「絕對不能讓別人看到……嗎？」冬子重複了一次我說的話，沉思了一會兒之後，馬上睜大了她那雙細長的眼睛。
「妳該不會在懷疑是她殺了川津吧……」
「非常懷疑。」我挑明了說：「如果這個假設正確的話，她殺了知道她秘密的川津，這是完全可以想像的事情。」
「妳是這麼推理的嗎……」冬子雙手交叉抱在胸前，重新看了看紙箱裡的資料，「不過，在這個『她潛入妳家』的推理當中，有兩個很大的疑點。一是為什麼她會知道妳今天白天不在家的事？另外一個是，她是怎麼進來妳家裡的？妳家的門窗不是都上鎖了嗎？」
「是密室哦。」
我說。
「那就非得把這兩個疑點解決不可了。不過關於這個新里小姐，我想可能還是再多調查一下比較好。」
「妳有方向嗎？」
「沒問題。」
田村的名字就是在這個時候冒出來的。
不過田村的談話內容之中，並沒有什麼能引起我的興趣。

新里美由紀是一位女攝影師，在各個領域都非常活躍，關於這方面我已經知道得夠多了。我想問的不是這個。

「我想問的是她和川津先生一起合作的工作內容。」我直截了當地說：「他們不是曾經共同負責某個雜誌連載的紀行文？」

「嗯，是的。不過就像我之前說的，好像很快就拆夥了哦。」

「我記得上次在葬禮和她見面的時候，她好像有說過自己和川津先生不太合吧。」不知道為什麼，這句話讓我很在意，所以就記在腦子裡了。

「她的確有說。」

看來田村也記得。

「那是在說紀行文的連載中斷的事情嗎？」

「哦，不是那件事。」田村重新在椅子上坐好，然後上半身微微前傾，「紀行文本身是做得還不錯，評價也都還過得去。但是不曉得在第幾次取材行程的時候，他們到了Ｙ島，在那裡碰到了意外。當然川津跟新里都遇到了。什麼合不合的說法，我想就是從那時開始傳出來的吧！」

「碰到意外？」

這我倒是第一次聽說。

「遊艇翻覆的意外呀！」田村說：「川津先生認識的人裡面，好像有個人計畫了一趟旅行，行程就是搭遊艇到Y島去。川津先生他們也參加了，結果中途天候惡化，遊艇就翻覆了。」

「……」那是什麼樣的狀況，我完全想像不到，「大概造成了什麼程度的傷害呢？」

「搭乘遊艇的大概有十個人，其中好像只有一個人死掉吧！其他人因為漂流到附近的無人島，所以得救了。然後，那個時候川津先生的腳受了傷，之後就卸下紀行文這個工作了。」

這件事我連聽都沒聽過。

「那這個遊艇旅行的事情，川津先生有寫下來嗎？不是紀行文，而是比較類似事故文件的東西。」

冬子問。

「好像沒有寫耶！」然後田村壓低聲音回答道：「聽說出版社這邊是有拜託他寫啦，不過被拒絕了。理由是說當時身心狀況都很差，所以清楚記得的事情很少。哎呀，不過站在他的立場想想，誰也不會想要把自己遇到災難的事情，寫成文章刊登出來給人家看呀！」

不可能是這樣的，我聽完這麼想。如果是個寫文章的人，就算受害者是自己，也絕對不可能放過這個大好的機會。最起碼不用特地跑去取材，就可以把第一手的聲音——自己的聲音——化為文字。

「啊啊，總之，好像因為這件事讓這個出版社顏面盡失，所以那個紀行文系列也跟著停刊了。」

由於是別的出版社的事，田村說話的語氣顯得非常輕鬆。

「對了，那個遊艇旅行的企劃是由哪一家旅行社承辦的呢？」

對於我的問題，田村乾脆地回答道：

「沒有，那不是旅行社的企劃。我記得……那好像是都內某個運動中心的企劃哦！不過那地方的名字叫什麼，我就真的忘記了。」

「該不會是……」我舔了一下嘴唇，「……山森運動廣場吧？」

我說完之後，田村的表情就像是恍然大悟。他點頭輕呼：「沒錯、沒錯，就是這個名字！」

「原來如此。」

我和冬子相互交換了眼神。

田村一個人回到公司去，我和冬子則繼續留在那間咖啡店，再點了一杯咖啡。

「真是可疑呢！」我將手肘靠在桌上，手掌支著臉頰說：「川津在被殺害之前，曾經和山森社長見過面。川津也因為乘坐山森社長那裡提供的遊艇，而發生意外。而且這個意外發生的時候，新里美由紀也在場……」

「妳是覺得那個意外之中藏有秘密嗎？」

「我還不知道。」我搖搖頭，「不過如果真的是這樣的話，我就會覺得，那份從我家偷走的資料上，會不會就是寫了關於這場遊艇意外的文件呢？新里美由紀想要的，也就是那份資料。」

「然後川津就是因為那份資料上面寫的東西而被殺害的囉！」

「這也只是推理啦！我的推理都是跳躍式的，這點冬子應該最清楚吧？」

對於我的玩笑話，冬子露齒笑了一下，接著馬上又恢復嚴肅的表情。

「也就是說，新里美由紀和那個遊艇事故的秘密有關聯囉！」

「不只是她，」我交換了蹺著的雙腳，然後雙手抱胸，「川津去見了山森社長，也就是說，我覺得山森社長一定也以某種方式和這件事情有所關聯。」

「那個時候，山森社長是跟我們說只是單純的取材呀！」

「刻意隱瞞。」我稍微停頓了一下，才又繼續接著說：「對他們來說，有個非隱瞞不可的理由。」

「『他們』是指？」

「我不清楚。」

我斷然說道。

這天回到公寓之後，我立刻把那個紙箱的東西倒出來，想要確認自己的推理沒有錯。

去年川津雅之經手的紀行文相關資料，幾乎全都收在這裡，唯獨和那個遊艇旅行有關的東西，我怎麼找也找不到。

那個旅行究竟藏有什麼秘密——當然，我是指除了船難事故以外的某件事——而有個人不想要讓別人知道這件事。新里美由紀也是他們當中的一個。

問題在於該如何找出這個秘密，對於這點，我和冬子已經擬好大概的作戰方針了。

這天晚餐之前，冬子打了電話給我。聽得出來，她的聲音有些興奮。

「總算把新里美由紀約出來見面了哦！」

「辛苦妳了。」我慰勞她道：「妳是用什麼理由把她約出來的呀？」

「說實話啊！我說有些關於川津的事情想要請教她。」

「她沒露出警戒的樣子嗎？」

「不知道耶！因為是打電話，所以無從得知。」

「這樣啊……」

接下來就是看要用什麼辦法讓她將實情全盤托出了。新里美由紀那雙盛氣凌人的眼睛在我腦中浮現，令我有點憂心。

「兩個人聯手，應該多少會有點成效吧！」我說完，冬子用略帶陰沉的語氣接著說道：

「那可能有點困難哦！」

「困難是指？」

「她提了一個條件，說是要和妳單獨見面。」

「跟我？」

「沒錯。這就是她的條件。」

「她想幹什麼啊？」

「這我就不清楚了。可能她覺得如果只有妳一個人的話，比較信得過吧！」

「不會吧！」

「總之，她的指示就是這樣。」

「嗯……」

到底是怎麼一回事呢？我手拿話筒思考著。美由紀難道是覺得，要是對象只有我一個人的話，她就願意說出那個秘密嗎？

「我知道了。」我對冬子說：「我就一個人去看看吧！告訴我時間跟地點。」

4

隔天，我在時間差不多的時候動身出門。冬子和新里美由紀約好兩點整在吉祥寺的咖啡廳。據冬子說，新里美由紀的公寓好像就在那附近的樣子。

約定地點的咖啡廳裡，安穩地擺著類似手工製作的桌子，是一間能讓人靜下心來的店。

店內正中央，沒來由地放了一塊橡木。燈光昏黃，的確很適合坐在這裡靜靜地聊些事情。

一個穿著黑色緊身裙、留著短髮的女孩子朝我這邊走來，我向她點了一杯肉桂茶。

由於我不習慣戴錶，平常都把手錶放在包包裡，所以為了知道現在的時間，我環顧店內找著時鐘。最後發現了掛在牆壁上的古董鐘，上面的指針告訴我還有幾分鐘才兩點。

女孩子把肉桂茶端過來，我啜飲了兩、三口，這個時候剛好是兩點整。

當我看著店裡的擺設時，五分鐘又過去了，然而新里美由紀卻還沒現身。莫可奈何的我，只好一口一口地喝著肉桂茶，一邊盯著門口看。過沒多久，我手上的茶杯見底了，時鐘上的指針也顯示又過了十分鐘，但是新里美由紀的身影依舊沒有出現。

我有種不祥的預感。

我離開座位，走到櫃臺旁邊的電話那裡，撥了冬子給我的美由紀家的電話號碼。電話鈴響了兩、三聲，我想大概不會有人來接，正打算放下話筒的時候，電話通了。

「喂？」是個男人的聲音。

「請問是新里小姐家嗎？」我膽怯地問道。

「是的，」那個男人說：「請問妳是？」

我報上名字，探詢她是否在家。電話那頭的男人沉默了一會兒，接著用毫無感情的聲音說：

「很遺憾，新里小姐已經死了。」

這次換我無言了。

「請問妳有在聽嗎？」

「嗯……請問，死掉……究竟是怎麼一回事呢？」

「被殺害了啦！」男人接著說：「她的屍體剛才被人發現了。」

獨白二

當我的真實身分曝光的時候，那個女人說：「對不起。但是我也真的什麼都沒辦法做呀！是真的啦！」

我依舊沉默地看著她。她失去了冷靜，不一會兒就站了起來。「我去倒杯茶——」她說道，試圖逃離我的視線。

我抓了個空檔，從背後襲擊她。

她並沒有做太多的抵抗，這點讓我感到有些意外。

簡直就像是——沒錯，就像是壓扁的火柴盒一般。

靜靜地倒下，然後變成一團難看的肉塊。我覺得時間似乎靜止了一瞬間，接著寧靜便包圍住我。

我站在原地幾秒鐘之後，開始敏捷地收拾善後。腦子近乎恐怖地冷靜。

收拾工作完畢之後，我俯視著她。

這個女人果然也知道真正的答案。只是將之用軟弱的理由，狡獪地隱藏起來罷了。

我的憎恨之火無法熄滅。

第三章

消失的女人與死去的男人

1

新里美由紀的公寓距離車站很近，建築物本身也還很新。她的家就位於這棟新公寓的五樓。

出了電梯之後，有幾扇面對走廊的門扉，不過我很快就知道她家是哪一扇門了。一看就知道是警方相關人士的男人們，煞有介事地在那兒進進出出。

當我走近她家的時候，一個看起來年紀比我小的制服警官馬上就靠到我身邊來，以嚴厲的口吻問我有何貴幹。

我也用不輸給他的清楚語氣說：我剛才打了電話過來，你們這裡的人說，如果方便的話，請我過來一趟，我才來的。對方聽完，露出一臉疑惑的表情，然後就進到屋子裡去了。

代替那個神氣巴拉的制服警官出來的，是一個輪廓很深的中年帥哥。他說他是搜查一課的田宮。從聲音來判斷，他應該就是方才接電話的那個人。田宮刑警把我帶到樓梯前面的空地。

「哦，寫推理小說？」刑警好像很意外似的看著我的臉。目光中參雜著些許好奇的感覺。「那待會兒要進行的搜查，可不能讓您看笑話了。」

由於我慘白著一張臉，而且沒有接任何話，所以他也恢復認真的表情，向我提問。

「您和死者約好在今天下午兩點見面嗎？」
「是的。」
「不好意思，請問您和死者的關係是？」
「透過我男朋友認識的朋友。」
這不是謊話。
「原來如此。」刑警說完，若有所思地看著我，「如果可以的話，我想問一下那個人的名字。」
「他叫川津雅之，」我回答道：「自由作家。不過最近死掉了，也是被殺死的。」
田宮刑警手上寫得飛快的筆忽地停了下來，然後活像打呵欠一般張大了嘴巴。
「那個事件的？」
「嗯。」我點頭。
「這樣子嗎……」田宮刑警臉上的表情變得很嚴肅，並且緊緊咬住下唇，深深地點了兩、三次頭。「那麼今天妳們兩人的約會，也和那個事件有關是嗎？」
「不，其實不是。因為川津在工作上的資料全都轉讓到我這裡來了，我約她出來是想告訴她，如果有什麼想要的東西可以告訴我。」
我把來這裡之前就準備好的答案說了出來。
「原來如此，資料啊……」

刑警皺著眉頭，在記事本上寫了一些東西。

「除此之外，您和新里美由紀小姐有個人的交情嗎？」

「沒有，大概就是在川津的葬禮上碰過面而已。」

「今天的約會是由誰提出邀約的呢？」

「是我約她的。」

「這是什麼時候的事呢？」

「昨天。我透過認識的編輯約她的。」

我把冬子的名字和電話號碼告訴刑警。

「我知道了。那我接下來就和這個叫萩尾冬子的小姐對質看看吧。」

「那個……請問一下，新里小姐是在什麼時候被殺害的呢？」

我看著田宮刑警五官分明的側臉問道。他稍微偏偏頭，然後回答我。

「根據鑑識人員所說，好像是沒多久之前，大約只過了兩、三個小時吧！」

「是怎麼被殺害的呢？」

「頭部。」

「頭部？」

「後腦勺被青銅製裝飾品重擊。您要看看現場嗎？」

「可以嗎？」

「這可是特別待遇哦！」

鑑識人員和刑警忙碌地在屋內走動著。像是要填補他們留下來的空間一般，我跟在田宮刑警後面走了進去。

走進玄關之後，是一個大約十二疊榻榻米大小的客廳，客廳的對面放著一張床。客廳裡頭有一張玻璃製的茶几，茶几上方則擺著一只茶杯。廚房位於屋子的角落，有幾個還沒清洗的碗盤堆積在水槽裡。

眼前的光景，就像是時間在日常生活中，猛然停了下來似的。

「發現屍體的人是新里小姐的女性朋友，好像時常過來玩。今天是因為看見玄關的大門沒關，就自己進來了。結果，就發現了倒臥在床上的新里小姐。那位女性友人因為驚嚇過度，直到現在還躺在床上。」

真可憐，我喃喃自語道。

等我被刑警問完話後走出公寓的時候，外頭已經是日暮時分了。街上間距相同的路燈正照耀著通往車站的道路，我走在這條路上時，發現了路邊的電話亭，轉身走了進去。這個時間，冬子應該會待在家裡才對。

「問出什麼了嗎？」

聽到我的聲音之後，她劈頭就丟過來這麼一句話。她應該是以為我和新里美由紀聊到現在吧！

「她被殺了。」

我說。我找不到能夠以比較婉轉的方式來說明的辭彙。

因為在電話另一頭的她什麼也沒說，我便繼續接著說下去。

「她被人殺害了。頭被敲破……因為到了我們約好的時間她還沒現身，我就打電話到她家裡，結果刑警代替她接了電話。」

「……」

「妳有在聽嗎？」

過了幾秒之後，冬子小聲地說：「嗯。」然後又恢復沉默。我的腦海中浮現她的臉。

終於，她的聲音傳了過來。

「該怎麼說……這個時候該說的話，真的不好找啊！」

我想也是。

「妳要來我家嗎？」我提議，「我想我們有很多事情需要討論一下。」

「看來是這樣沒錯。」

她用著陰沉的聲音囁嚅道。

過了一個小時之後，我們兩人面對面喝著冰波本酒。

「目前唯一知道的是，」我先起了頭，「我們的動作一直沒能搶在兇手前面，敵人總是比我們快一步。」

「敵人究竟是誰呢？」

「我不知道。」

「那妳有告訴警方，這件事可能跟那個船難事件有關係嗎？」

「我沒說。反正也沒有什麼確實的證據可以證明這兩件事相關，而且我想要盡量靠自己的力量解決這次的問題。其實，跟新里小姐約會的原因，我也隨便撒了個謊蒙騙過去了。」

「是哦！」

冬子感覺上好像在思考某件事情，眼睛看向遠處。

「總之，我覺得有必要調查一下去年的船難事故。」

我說完之後，她放下玻璃杯說：

「那件事情，我來這裡之前稍微查過了。」

然後，她從公事包裡拿出了一張紙。我看了一下，發現那是報紙的影本。裡面的內容大概是說：八月一日晚上八點左右，隸屬於山森運動廣場名下的遊艇，在開往Y島的途中船身進水。十一名乘客當中，有十名乘客搭乘了橡皮艇，漂流到附近的無人島上，隔天被經過的漁船救出。另外一名乘客則因為撞擊到附近的岩石而罹難。死者是住在東京都豐島區的自由業者竹本幸裕（三十二歲）。

「需要好好查查那個時候的事呢！就像我之前說的，川津被偷走的資料當中，我想應該有關於那個時候的某些秘密。」

我一邊將空調的溫度調高一點，一邊說道。當我們討論得一頭熱的時候，房間裡面的氣溫已經低到跟冷凍庫一樣了。

「會不會是想要守住那個秘密的人，把人一個個殺掉了啊？」

「我不知道。或許真的是像妳說的那樣吧！但是，新里美由紀可是想要守住秘密的人哦！而且如果山森社長跟這件事情有關聯的話，他也會是想要守住秘密的人。」

「確實是這樣。」冬子聳聳肩說道：「那妳想要採取什麼形式的具體行動呢？如果想要詢問海上保安部的人的話，我是可以幫上忙。」

「嗯……」我陷入沉思。若是在那次的事件中真的發生了什麼事，而當事人們都把發生的事當作秘密的話，我想公家機關那裡也不可能留下什麼紀錄。

「還是只能先直接找上當事人才行吧！」

「意思是說，妳還要再去見山森社長一次嗎？」

冬子有點不太情願地說道。

「如果手上什麼資料都沒有，就這樣直接跑去找他的話，一定又會被他隨便搪塞幾句話敷衍了事的。我們先去找其他參加這個遊艇旅行的人吧！」

「這樣的話，還得先調查對方的名字跟住址。」

「這沒問題，我已經有方向了。」

我說完，抽出了事先放在身邊的名片。

那是前兩天我們去運動中心時，春村志津子小姐給我的。

2

翌日，過了中午之後，我又再度造訪山森運動廣場。進入一樓的大廳之後，我點了一杯檸檬蘇打水，接著撥電話給志津子小姐。她在電話裡說馬上就到，實際上也是在五分鐘之內就出現在店裡。

「拜託妳這麼麻煩的事情，真是不好意思。」

她坐下來的同時，我輕輕地低下頭。在來這裡之前，我就麻煩她幫我整理好當時參加遊艇旅行人員的名單。因為去年的這個時候，她還沒來山森社長這兒工作，所以我判斷她應該是可以信任的。

「哪裡，這說不上是什麼麻煩的事情，只要將電腦裡的內容列印出來就好了。不過，為什麼您需要這些資料呢？」

志津子小姐臉上浮現了和上次見面時同樣的微笑，接著把看起來像是剛印好的列印紙擺在桌上。

「我想要把它當作下一本小說的題材。所以呢，如果可以，我希望能直接跟這些經歷事故的人們面對面聊聊。」

「原來如此。果然作家還是要不停地構思接下來的作品呢！真是辛苦。」

「是呀，就是這樣。」

我一邊苦笑，一邊伸手去拿放在桌上的名單。

名單上面列著十一個人的姓名和住址。最前方的是山森卓也社長，排在他後面的是正枝夫人，下面接著由美小姐。

「由美小姐不是眼睛不太方便嗎？……」

等我說完，志津子小姐像是早就料到我會問這個問題似的，深深地點了點頭。

「社長的教育方針就是——無論什麼時候，都不給予特別待遇。他說就算看不見，能夠接觸大海這件事情也具有極大的價值。」

「原來是這樣呀！」

我的眼睛繼續快速地掃描那份名單。上面也有川津雅之和新里美由紀的名字。在報紙上看到過的那個男性罹難者竹本幸裕，他的名字也出現在名單上。另外還有山森社長的秘書村山則子，以及健身教練主任石倉的名字。

「秘書也參加了嗎？」

「是的。村山小姐的母親是社長夫人的姊姊，所以他們其實還有親戚這層關係。」

也就是說，她應該是山森社長的姪女。
「這邊這個叫作金井三郎的人，上面寫著他也在這裡工作。」
金井三郎的名字旁邊有一個括弧，括弧內印著「工作人員」。
「啊，那個人是做些維護器材工作的內部人員……」
志津子小姐的語尾有點含糊，我想那大概是因為我的行為有點不可理解的關係吧！
「他也是山森社長的親戚嗎？」
「不，不是。他只是單純的工作人員而已。」
「這樣啊……」
我點頭。如果不是親戚的話，搞不好問一些比較深入的問題，會比想像中來得簡單。
「我想要跟這個人聊聊，有沒有可能現在馬上跟他見面呢？」
我問。
「咦？現在馬上嗎？」
「嗯，我有一件非問他不可的事情。」
志津子小姐看起來好像有點困惑，不過還是說了聲：「我知道了，請您稍等一下。」
然後起身走到收銀臺旁邊的電話那裡，撥了電話。
講了幾分鐘之後，她面帶微笑走回來。
「他馬上就會過來這裡。」

「真是謝謝妳。」

我點頭道謝。

過了幾分鐘，一個穿著短袖工作服、蓄著鬍子的男人出現了。我記得他的臉。他就是上次我們去參觀運動中心時，在半途叫走志津子小姐，後來還偷偷觀察了我們一陣子的那個男人。

我有一點不太好的預感。不過，我也不能就此退縮。

金井有點猶豫地在志津子小姐身邊坐下，然後一直盯著我遞出的名片。我看著他的眼睛，意外地發現這個男人其實很年輕。

「那我就開門見山地說了。金井先生去年參加了遊艇旅行是嗎？」

「對。」他回答，聲音超乎想像地低沉，「有什麼問題嗎？」

「是不是遭遇了意外事故呢？」

「……嗯。」

金井三郎臉上的神情明顯地寫著疑惑。

「好像是因為天氣惡化導致船身進水嗎？」

「沒錯。」

「事前沒有發現天氣會變壞嗎？」

「是知道會變得比較差，但是社長還是叫大家出發。」

聽他說話的語氣，感覺好像每個參加的成員都知道這件事的樣子。

「旅遊的預定行程是？」

我問。

「兩天一夜。計畫是從橫濱到Y島，隔天回來。」

「在去程的時候遇到意外的是嗎？」

「嗯……」

「報紙上報導說，乘客是因為漂流到附近的無人島才因而獲救的？」

「那個時候，」金井三郎抓了抓長滿鬍子的臉，「真的是撿回一條命。」

「不過還是有人罹難了吧？一個叫作竹本幸裕的人。」

他聽完閉上眼睛，慢慢地點點頭。

「因為浪很高，視野也很差啊！」

「竹本先生是金井先生的朋友嗎？」

「不、不是！」

金井三郎慌忙搖頭。這個反應讓我有一點在意。

「那麼他是因為什麼緣故參加了這個旅行呢？根據這份名單看來，他好像不是這個運動中心的會員。」

「這我不太清楚……我想應該是透過別人介紹。」

金井拿出香菸，急急忙忙地抽了起來。
我向著從剛才就一直在旁邊聽我們說話的志津子小姐問道：
「春村小姐認識這個叫作竹本的人嗎？」
跟我預料的一樣，她搖搖頭說不認識。這也是當然的，一年前，她還沒到這裡來工作呢！
我又將目光移回金井三郎臉上。
「我想要了解一下你們登陸無人島之後的詳細情形。」
「登陸無人島之後的情形……根本沒什麼事情發生啊！我們就只是在岩石下躲避風雨，等著救難人員來搭救而已。」
「那麼，當時你們都聊了些什麼事呢？我想大家應該都是滿腦子不安吧！」
「是這樣沒錯……總之大家都昏昏沉沉的，說了什麼我老早都忘光了啦！」
他一邊從口中吐出香菸的白色煙霧，一邊又急急忙忙地用手搔抓著鬍子。我想在無法靜下心來的時候搔抓鬍子，可能是這男人的習慣吧！
我換了話題。
「是不是有一個叫作川津雅之的男人也跟你們在一起呢？他是自由作家，因為雜誌取材的關係，也參加了這次旅行。他也是這裡的會員。」
「啊啊……」金井的眼睛望向遠方，「那個時候腳受傷的人嘛……」

這麼說來，我之前也聽過他受傷的事。

「你還記得在無人島的時候，他的狀況怎麼樣嗎？還是你記得他當時說了什麼也可以。」

「不知道耶！」滿臉鬍子的男人搖頭，「再怎麼說也是一年前的事情了啊……而且當時大家的精神狀態都不穩定。」

「你和川津先生後來有再聊過那件意外的事情嗎？」

「沒有。」男人說：「不只是關於意外的事情，我們在那次旅行之後完全沒有再交談過，只是偶爾會看到他而已。」

我回想起志津子小姐說金井三郎是從事內部工作的人員。

「最近有沒有發生什麼與這個意外事故有關聯，比較奇怪的事情呢？」

「奇怪的事情是指什麼？」

「什麼都可以。比如說跟誰聊到、被誰問過等等……」

「沒有。」金井三郎的回答非常果斷。「就算有，我也忘了——話說回來，那個意外有什麼問題嗎？我看您好像很感興趣的樣子。」

他像是在偷偷觀察我的表情一般，眼珠往上朝著我這邊看過來。

「為了撰寫下一本小說，我正在仔細地調查最近發生的海難事故。」

「……」

我說了事前準備好的謊話，不過他懷疑的眼神並沒有因此消失。

我把目光放到參加者名單上。

「除了罹難的竹本先生以外，另外還有一個不是會員的人吧？名叫古澤靖子的。這個人又是透過什麼關係參加的呢？」

名單上寫著「二十四歲　ＯＬ」。住址是在練馬區。

「嗯，我不清楚。不管怎麼說，我也是在出發的前一天才被社長邀請的。」

最後一個參加者的名字是坂上豐。這個男人好像是運動中心的會員，在職業欄的地方寫著「演員」。

「有時候會看到啦！」當我問到坂上豐的時候，金井三郎有點不耐煩地回答道：「不過我最近沒跟他說過話。對方可能也已經忘記我是誰了吧！」

「這樣啊……」我說完之後，稍微思考了一下。跟我想的一樣，沒得到什麼有用的收穫。目前能想到的只有兩件事：一是在那場船難意外當中，其實並未藏有任何秘密；二是這個金井三郎對我說謊。但是無論真正的答案是什麼，我目前都沒有辦法確認。

無計可施的我，向金井三郎和志津子小姐道謝之後，結束了這次訪談。他們兩人並肩走出了店外。

我喝了一杯水，重整心情後站了起來。當我走到櫃臺結帳的時候，負責算帳的女孩問我：

「小姐，請問您是春村小姐的朋友嗎？」

「倒還說不上是朋友……請問妳為什麼這麼問呢？」

女孩發出一聲可愛的笑聲。

「您不是在對金井先生說教嗎？叫他快點跟春村小姐結婚。」

「結婚？」我問完才恍然大悟，「他們兩個人是一對嗎？」

「您不知道嗎？」女孩露出驚訝的表情，「大家都知道耶！」

「她沒有告訴我這件事。」

「這樣子啊……那我是不是不該說漏嘴呀……」

雖然女孩嘴上這麼說，臉上還是呵呵地笑著。

3

離開山森運動廣場後，我到冬子的公司把她找了出來。

「我有事情要拜託妳。」

我看著她的臉說道。

「怎麼這麼突然啊？在運動中心毫無斬獲嗎？」

冬子苦笑道。我拿出剛才從志津子小姐那裡得到的名單給冬子看。

「我是想請妳幫我調查一下，在意外中罹難的竹本幸裕這個人的身家資料。」

聽到這句話的同時，她的表情馬上變得很嚴肅。

「這個人的死跟整件事情有什麼關係是嗎？」

「我還不知道，但是總覺得有點可疑。他既不是工作人員也不是會員，卻參加了這個旅行；還有在船難的時候，其他人全都獲救了，卻只有他一個人罹難。這些都很奇怪。」

「那就是要我去這個人的老家打探情報囉？」

「沒錯。」

「我知道了。」

冬子拿出記事本，抄下了竹本幸裕的住址。不過就算找到這個地方，搞不好現在是別人住了吧！

「我再看著辦吧！沒問題，我想應該不會太費工夫的。」

「真是不好意思。」

我是真的覺得自己對冬子很不好意思。

「那妳可以聽聽我的要求嗎？就當作交換條件。」

「要求？」

「工作啦。」冬子的臉上露出了一個意味深長的笑容，「等到這件事情告一段落之後，我希望妳能寫一本跟這次事件有關的寫實小說。」

我嘆了口氣。

「妳應該知道我很不擅長這類型的書吧？」

「我知道呀。但這是一個機會哦！」

「……我考慮一下。」

「嗯，麻煩好好考慮看看。對了，那接下來，妳今天要幹什麼呢？」

「其實我還打算再去找另外一個人。」

「另外一個人？」

「一個叫作古澤靖子的。」我指著冬子還拿在手上的名單，「這邊這個。這個人也跟那個名叫竹本的一樣，既不是工作人員、也不是會員哦！說起來算是和山森集團無關的人。」

冬子像是在反覆思量我的想法一般，眼睛盯著名單點了兩、三次頭。

「那看看妳什麼時候回到公寓，再打電話給我吧！」

「拜託妳囉！」

我說完便和冬子分開了。

在查看了地圖之後，我得知西武線上的中村橋是距離古澤靖子家最近的車站。我在那裡叫了輛計程車，將名單上寫的住址告訴司機。

「那個住址大概是在這附近哦！」

車子走了大約十分鐘之後，司機一邊減緩車速，一邊告訴我。我看向窗外，發現計程車正行駛在兩旁都是矮小房子的住宅街道上。

「在這邊停就可以了。」

我說完之後下了車，不過現在才是真正問題的開始。照理說，若是名單上的住址正確的話，我現在站著的國道旁邊應該會有一棟公寓，然而我卻完全沒有看到類似的建築物。取而代之的，是一間裝潢華麗的免下車漢堡店。

我抱著懷疑的情緒，在漢堡店點了吉士漢堡和冰咖啡，順便向她打聽去年這個時候，這家漢堡店是否已經存在了。女店員先是一臉茫然，然後再度露出笑容回答我。

「啊！這裡是三個月前開幕的。」

我把漢堡吞到肚子裡去，問了派出所的位置之後，就離開了那家店。

在派出所裡的，是一個白色五分頭、長相十分嚴肅的巡邏警察。巡邏警察記得，漢堡店的前身的確是一間公寓。

「那棟公寓雖然已經很老舊了，還是有很多人住在裡面呢！妳去松本不動產那裡打聽的話，那邊的人應該會知道吧。」

「松本不動產？」

「就在這條路直走的右邊。」

我道了謝之後離開派出所。

在巡邏警察說的地方，確實矗立著一棟只有三層樓的矮小建築物——松本不動產。一樓的正門旁邊密密麻麻地貼著空屋廣告。

「我們這裡也不會知道那棟公寓的居民都去哪裡了呀！」

出來招呼我的年輕業務員一臉不耐煩地說道。

「連聯絡方式什麼的都沒有留下來嗎？」

「沒有呀。」

看來他連找都懶得找。

「那請問一下，你記得一位名叫古澤靖子的女性嗎？」

「古澤靖子？」

年輕業務員嘴裡又重複了一次這個名字，然後發出「啊」的一聲，點了點頭。

「有。我是只看過一、兩次而已，所以不太記得啦！但是她好像還長得挺漂亮的。」

「請問一下，你知道這個人搬到哪裡去了嗎？」

「我剛才就說我不知道了啊！」

年輕業務員臉上的表情顯得不太高興，但是他的眼珠子又轉了一下。

「咦？等一下哦——」

「怎麼了嗎？」

「我記得她好像有說自己要出國之類的。只不過不是她本人親自跟我說，是別的同事告訴我的。」

「出國……」如果真的是這樣的話，古澤靖子這條線索好像還是放棄比較好。

「她好像還滿常出國的。」年輕業務員接著說：「去年也是，從春天開始到夏天結束的這段時間好像也全待在澳洲呢！結果那個公寓反而像是個暫時落腳的地方了。」

從春天到夏天結束？

船難意外是發生在八月一日，說起來算是盛夏時分。

「請問一下這是真的嗎？」

「什麼？」

「她從春天到夏天結束都待在澳洲這件事。」

「真的啊！她把這段時間的房租全都一起付清了。哎呀，不過我也沒親眼看到，所以搞不好她說自己要去澳洲什麼的，其實只是跑到千葉那一帶游泳也說不定。」

年輕業務員臉上浮起一抹帶著惡意的微笑。

當天晚上八點左右，冬子打了電話來。於是，我便在電話中向她報告我沒找到古澤靖子的公寓，以及意外發生的時候她去了澳洲的事。

「問題是這究竟是真的還是假的。」在我說了一長串話之後，冬子接著說：「說不定就像那個房屋仲介公司的人說的一樣，她說要去澳洲什麼的，根本是撒謊。不過至於為什麼她要這麼做，我就不知道了。」

「如果她真的去了澳洲的話，」我說：「那碰到船難意外的那個古澤靖子，又是誰呀？」

「……」

看來電話的另一頭的人有點吃驚，我也跟著沉默了。

「總之，」最後冬子打破沉默，「目前她行蹤不明就是了。」

「沒錯。對了，妳那邊呢？」我問完之後，得到了以下的回答：

「總算是找到了竹本幸裕的老家。我本來還很煩惱，若是他家在東北的深山裡的話，我該怎麼辦。不過沒想到比想像中的近，在厚木那附近哦！我現在告訴妳，妳記一下吧！」

我把她說的住址和電話號碼抄了下來。

「ＯＫ，謝謝。我待會兒馬上碰碰運氣。」

「要是我也可以去的話就好了，不過最近有點忙啊！」

冬子很不好意思地說道。

「我一個人也沒問題啦！」

「還有沒有什麼事情要先做的？」

我想了一下，然後麻煩她先幫我安排一下和那個名叫坂上豐的男人見面。坂上豐也是參加旅行的其中一人，在名單上應該有註明他是「演員」。

「我知道了，真是個輕鬆的任務。」

「不好意思。」

我向冬子道了謝之後掛上電話，之後馬上又拿起話筒。接著，我按下剛才從冬子那裡得到的竹本幸裕老家的電話號碼。

「竹本家，您好。」

從話筒另一端傳來的，是一個年輕男子的低沉聲音。我先報上自己的名字，然後告訴他，我想請教一下關於幸裕先生的事。

「就是妳嗎？」男子的聲音突然帶著憤怒，「最近老是在我們家外面鬼鬼祟祟的人。」

「啊？……」

「妳在我們家這裡晃過好幾次了吧？偷偷摸摸的！」

「請問你在說什麼？我是今天才知道你家的住址和電話的。」

男子吞了吞口水。

「是我搞錯了嗎？……那真是對不起。」

「最近你家附近發生過這種事嗎？」

「不，這跟妳沒有關係。是我有點太過神經質了……請問妳跟我哥哥是什麼關係？」

看來他應該是幸裕先生的弟弟。

「我和幸裕先生沒有任何關係。」

我說我只是個推理小說家，因為想要寫一本關於船難事故的小說，所以正在到處取材訪問。

「哇，寫小說呀。還真是厲害呢！」

我不太了解他覺得哪裡很厲害。

「其實我是想請問一下去年那件意外事故的事情。如果可以的話，希望能夠出來談談。」

「那是沒什麼問題，不過我要上班，所以非得等到七點以後才可以哦！」

「其他的家人也可以。」

「沒有其他的家人了，只有我一個。」

「嗯……」

「什麼時候好呢？」

「那個，如果可以的話越早越好。」

「那就明天吧！明天晚上七點半在本厚木車站附近怎麼樣？」

「嗯，好的。」

我問了車站前面的咖啡廳的店名之後，放下話筒。這時，他剛才說過的話突然在我腦海中再次浮現。

老是在我們家外面鬼鬼祟祟的？

這是怎麼一回事呢？我想。究竟是誰？又是為了什麼樣的目的而去調查竹本幸裕的老家呢？

4

隔天，我在事先約好的咖啡廳見到了竹本幸裕的弟弟。在他拿出的名片上面，印著「××工業股份有限公司　竹本正彥」。

正彥本人比電話裡的感覺還要年輕許多，大概才二十五歲左右吧！個子高，身材也不錯。修得短短的頭髮有點微鬈，看起來乾乾淨淨的。

「請問您想知道關於我哥哥的什麼事呢？」

他換了比較禮貌的口吻說道。可能是因為之前他光聽我講電話的聲音，以為我的年紀比較年輕吧！

「各式各樣的事。」我說：「像是碰到意外的經過……還有關於工作的事情，我也想了解一下。」

正彥點點頭，把奶精倒入剛才點的紅茶裡。他的手指纖細，看起來好像很靈活。

「您說您是推理小說家？」

他喝了一口紅茶之後問我。

「嗯。」

我點點頭。

「那您應該也很熟悉其他的作家吧？」

「也不完全是這樣，少部分的作家我還算知道。」

「那麼，請問您聽過『相馬幸彥』這個名字嗎？他專門把國外發生的事件寫成報導，然後再賣給雜誌社。」

「相馬？」我只稍微想一下就搖搖頭回答：「很可惜，我的交際範圍還沒有到跨及報導文學的領域。」

「這樣嗎？」

他再次把手上的茶杯舉到唇邊。

「那個人怎麼了嗎？」我問道。

他的眼睛緊盯著杯子裡面，然後回答：「他是我哥。」

「……」

「相馬幸彥是哥哥的筆名。我在想搞不好您會知道，所以才問的。果然，他的東西還是不太賣座啊！」

「你哥哥是自由作家嗎？」

我驚訝地問道。按照報紙上刊登的，應該是自由業。

「嗯。直到去年之前，他都待在美國。回到日本之後，連老家都還沒回來一趟，就碰上意外了。我做夢都沒想到他竟然會死在日本。」

「你們家就只有兩個人嗎？」

「是的。意外發生的那個時候，家母還健在，不過到冬天的時候就因病去世了。家母好像是因為哥哥死去的關係，身體才突然變虛弱的。去年的這個時候，她還很健康，哥哥的遺體也是她去領回來的。但是因為聽說哥哥的死狀很慘，所以我想那個時候媽媽可能受到很大的驚嚇吧！」

「請問你哥哥是在什麼樣的情況下過世的呢？」

「詳細情形我也不知道，」他說：「聽說救難船停靠在無人島的時候，他就已經卡在附近的岩石區斷氣了。好像是被海浪沖撞到岩石上，不過也有人說他是靠自己的力氣游過去的。」

然後他嚥了一下口水。我知道他的喉嚨已經啞了。

「可是，也有一些令人難以接受的疑點。」

他的語氣變得比較不一樣了。我在心裡「咦？」了一聲。

「哥哥在學生時代就是運動好手，游泳技術也可以說是學校代表隊的程度。要我相信只有哥哥被海浪捲走，我實在辦不到。」

「……」

「不不，我當然知道這跟游泳的厲害程度沒有關係啦！我說了多餘的話了……」他說完，拿起手邊的水杯，喝了一口水。

「你剛才說，你是等到意外發生之後，才知道竹本先生已經回國的嗎？」

「嗯。」他點點頭。

「那你就不知道為什麼他會去參加那個遊艇旅行了吧？」

「詳細情況我是不知道。但是聽家母說，因為哥哥認識那個主辦的運動中心裡的人，所以好像是透過這層關係參加的。」

「運動中心裡的人，意思是指裡面的工作人員嗎？」

照這種說法看來，他要成為會員應該也不是不可能。

「我也不知道啊……到底是怎樣呢？」正彥搖搖頭，「家母只說了這些而已。」

「這麼說來，那個人的名字什麼的，你應該也不會知道囉？」

「很可惜，妳說對了……而且其實到目前為止，我都沒有太放在心上。」

可能真的是這樣吧，我想。自己的哥哥都已經過世了，這些瑣瑣碎碎的事情也無關緊要了。

「和竹本幸裕先生比較親近的，大概都是什麼樣的人呢？」

我換了個問題。不過正彥的表情並沒有太過驚訝。

「這幾年我們都過著各自的生活啊！所以這些事情，我幾乎完全不清楚。」

「這樣啊……」

「不過，我知道他好像有個女朋友。」

「女朋友？」

「意外發生幾天後，我去了哥哥住的公寓想整理一下他的東西，結果沒想到公寓裡面打掃得非常乾淨。雖然媽媽好像在確認過遺體之後，有去那裡一趟，不過那個時候的公寓跟我後來看到的樣子是不一樣的哦！我才在想到底發生什麼事的時候，就發現桌子上有一張字條，一個跟幸裕很親近的人在上面寫著——發生這樣的事情實在太令人傷心了，我來還鑰匙，順便把房間打掃了一下——之類的話。然後，事實上也有一個女人到管理員那裡還鑰匙。聽說是個相當漂亮的女人呢！」

「你有那張字條嗎？」

可惜他搖了搖頭。

「我有保留一陣子啦！不過後來就丟了。那個女的後來也沒再跟我們聯絡了。」

「紙條上沒有署名嗎？」

「沒有。」

「那幸裕先生的房間，除了被整理乾淨之外，還有什麼不一樣的地方嗎？」

「不一樣的地方哦……」正彥的臉上露出了好像想起什麼似的表情，「有一件哥哥的東西不見了。」
「是什麼東西呢？」
「Skittle[1]。」
「Skittle？」
「就是金屬製的酒瓶啊，形狀扁扁的。登山的人會把威士忌什麼的裝在裡頭。」
「啊……」
我曾在戶外用品專賣店看過。
「那是除了衣服之外，哥哥身上唯一的遺物。聽說是因為哥哥把它綁在皮帶上，所以才沒被海浪沖走。家母原本打算過兩天之後，再去把那個酒瓶帶回家，所以暫時放在哥哥房間裡，結果居然就這樣不見了。」
「咦？……」
我不知道偷走酒瓶的人是誰，但是那個人究竟是為了什麼原因要偷走這種東西呢？
「然後我就跟家母討論說，會不會是那個女人想要把酒瓶當作男友留下來的遺物，所以才私自帶走的。但是葬禮當天，也沒有出現類似那名女子的人啊！」

1 日文的懷中酒瓶叫作スキットル，因為和英國九柱遊戲（skittle）的形狀類似而得名。

「這麼說來，你也沒有關於那個女人的頭緒囉？」

「嗯，就像我一開始跟妳說的一樣。」

「這樣啊……」

一個女人的名字在我腦海中浮現。

「正彥先生，你認識一位名叫古澤靖子的女人嗎？」

我探詢道。

「古澤？不認識——」

正彥搖搖頭，我的期待也跟著落空了。然後我拿出寫著那次旅行成員的那份名單，攤開在他面前。

「那在這當中，有沒有誰的名字是你聽過的呢？」

他看了一會兒名單上的一排名字之後，輕輕地嘆了口氣。

「沒有耶。」他說：「這些都是參加旅行的人嗎？」

「沒錯。」

「哦。」

他說完之後，臉上的表情沒有什麼變化。

「我打電話到你家的時候，你好像說了一件奇怪的事？」我盡力維持沉穩的表情，若無其事地把話題轉到下一個部分，「我記得好像是說什麼『在我家附近鬼鬼祟祟』。」

正彥露出一個苦笑，拿起一直放在旁邊的濕毛巾擦擦額頭。

「那時候還真是抱歉啊！我那時以為妳鐵定是那群傢伙的同伴……」

「那群傢伙？」

「說是這麼說，其實我也不知道他們的真正身分。」

「到底是怎麼一回事呢？」

「怎麼一回事？我自己也搞不清楚啊！」他聳聳肩，「一開始是一個住在附近的老婆婆沒頭沒腦地對我說：『竹本先生，你要結婚啦？』我一問之下，才知道原來有個男人一直在打聽關於我的詳細狀況。結果那個老婆婆誤以為我是要結婚了，新娘那邊的人才會跑來打聽我的身家狀況。除此之外，聽說我不在公司的時候，也有人打電話去公司裡，好像是調查我最近的休假日期什麼的吧！」

「是哦……」

聽到這些話的當下，我還以為是警方的相關人員，不過馬上又打消了這個想法。因為如果是警察的話，在詢問事情的時候，是會報上姓名的。

「那你也完全不知道自己為什麼會被那些陌生人調查吧？」

「不知道啊！而且我也沒有打算結婚。」

「真是奇怪。」

「真的是！」

竹本正彥帶著一臉厭煩的表情說道。

情況還是曖昧不明——結束與正彥的談話之後，我坐在回程的小田急線電車上，一邊跟著行進中的電車搖搖晃晃，一邊重新整理裝在我腦袋裡的情報。

首先，川津雅之被殺了。他知道自己被人盯上了，而且好像知道犯人是誰。

問題一，為什麼當時他沒有打算告訴警察呢？

再者，雅之在遇害之前，曾經到山森運動廣場和山森卓也社長見面。對於這件事，山森社長解釋只是單純的取材訪談。

問題二，真的只是單純的取材訪談嗎？如果不是的話，他們兩個人又是為了什麼原因而見面的呢？

接下來是川津雅之的部分資料被人偷走了。說到資料，新里美由紀也曾經想要雅之的資料。然而這份資料，大概就是關於去年發生的那起船難意外的資料，而在那個時候碰到意外的主角，就是以山森社長為中心的那群人。

問題三，那些資料上，到底寫了什麼？

最後是新里美由紀的死。很明顯的，她知道一些內幕。

無計可施了，我嘆了一口氣。

不管我再怎麼絞盡腦汁，想要把所有的線索漂亮地串起來，無奈混沌不明的部分實在太多了，讓我連個大概的雛形都弄不出來。

不過，只有一個事實是不可動搖的。

那就是——這一連串事件的禍端，毫無疑問是發生於去年的那場船難意外。

特別是竹本幸裕的死，一定藏有什麼秘密吧？

正彥說過的話在我腦海中浮現：只有泳技高超的哥哥一個人罹難，我實在無法相信——

第四章

誰留下的訊息

1

兩天後，我和冬子一起去拜訪坂上豐。坐在計程車上，前往坂上豐位於下落合的練習教室時，我告訴她竹本正彥告訴我的話。

「有某個人在調查竹本幸裕的弟弟——這件事情真讓人有點在意。」冬子雙手交抱胸前，輕輕地咬著下唇，「到底是誰會做這種事呢？」

「會不會是……碰到意外那些人裡面的某個人？」

「為了什麼原因呢？」

「我不知道。」

我舉起雙手，做了一個無奈的動作。看來「我不知道」這句話，已經漸漸變成我的口頭禪了。

結果這個問題沒有答案，只好先保留下來。沒有解答的問題，一直不停地增加著。

總之，今天的工作就是先和坂上豐這個演員見面。

我平常不常看戲劇，所以不太了解。不過據冬子所言，這個坂上豐好像是個以演舞臺劇為主，最近竄起來的年輕演員。

「聽說他穿起中世紀歐洲服裝的時候，還挺有樣子的呢！歌也唱得不錯，是個成長空間很大的新人哦！」

這就是冬子對坂上豐的評語。

「妳有告訴他，我們想要請教他關於去年那場意外的事嗎？」

我問。

「有啊。我本來在想他會不太高興呢，結果沒想到根本不是這樣。他們這種人啊，面對媒體是沒有招架能力的。」

「原來如此呀！」

我點點頭，真是越來越佩服冬子了。

不久，計程車在一棟平坦的三層樓建築前停了下來。我們下了車，直接走到二樓。爬上樓梯後，眼前出現了一個只有沙發的簡單大廳。

「妳先在這裡等一下。」

冬子說完往走廊走去。我在沙發上坐下來，觀察了一下四周。牆上貼了好幾張海報，幾乎全都是舞臺劇的宣傳，其中也有畫展的廣告。我想在劇團沒有使用的時候，這個地方就可以租借給別人吧。

海報前面放著透明的塑膠小箱子，裡面有各種文宣簡介。上面還寫著「敬請自由取閱」的字樣。我拿了一張坂上豐所屬的劇團簡介之後，摺起來放進皮包裡。

過了一會兒，冬子帶著一個年輕的男子回來了。

「這位就是坂上先生。」

冬子向我介紹。

坂上豐穿著黑色的無袖背心，以及同樣是黑色的緊身褲。藏不住的強健肌肉曬得恰到好處，膚色十分漂亮。不過長相則是可愛型的，讓人覺得他是個溫柔的男人。

我們交換了名片之後，面對面坐在沙發上。這是我第一次拿到演員的名片，所以對這張名片非常有興趣。可是，其實上面也只是印了「劇團——坂上豐」而已，沒什麼特別之處。話說回來，我自己的名片上也只是毫無感情地寫著姓名罷了。

「請問這是本名嗎？」

我問他。

「是的。」

和外觀比較起來，他的聲音要小得多了。看了他臉上的表情後，不知道是不是我的錯覺，總覺得他好像有點緊張。

我對冬子使了個眼色，然後正式進入主題。

「其實我今天是為了向您詢問去年在海邊發生的那件事故，才登門拜訪的。」

「我想也是。」

他用手上的毛巾揩著額頭附近。不過，那個地方好像並沒有流汗。

「那我就開門見山地說了，請問您是在什麼樣的情況下，參加了那趟遊艇旅行呢？」

「情況？」

他露出困惑的眼神——可能這個問題在他預料之外吧。

「就是您參加的動機。」

「啊……」我看到他舔舐著雙唇，「是健身教練石倉邀請我的。我還滿常去那裡運動的，所以跟石倉教練的關係不錯。」

他說完又用毛巾擦了擦臉——我知道我很龜毛，但是他臉上真的根本沒流汗。

「那麼您和其他人的關係呢？和山森社長私底下有交情嗎？」

「差不多就是偶爾會遇到的程度，我想應該還說不上是交情……」

「這麼說來，去年參加旅行的成員對您來說，幾乎都是第一次真正開口聊天的人囉？」

「嗯，大概就是那樣。」

坂上豐的聲音不只音量小，還沒什麼抑揚頓挫。我一時無法判斷自己該怎麼去定義這件事情。

「您好像是游泳到無人島的？」

「……嗯。」

「大家都有確實抵達那座島嶼嗎？」

「沒錯。」

「那麼沒有抵達無人島的人，就是罹難者囉——那個叫作竹本的男人。」

我緊盯著他的眼睛看。然而，他還是用毛巾半遮著臉，讓我無法辨識他的表情。

「為什麼只有那個人被海浪捲走了呢？」

我平靜地問道。

「這個我也……」他搖搖頭，然後像是在喃喃自語地說：「那個人說他不擅長游泳，所以會不會是因為這樣才發生那種事的啊？」

「不擅長游泳？他這麼說過嗎？」

我驚訝地重新問了一次。

「不是……」大概是我的聲音突然變大的關係，他的眼珠子不安地轉動著，「也有可能是我自己誤會了。我只是覺得他好像有這麼說過。」

「……」

我覺得非常詭異。竹本正彥說幸裕先生對於自己的游泳技術非常有自信，所以他絕對不可能說自己不擅長游泳的。

那為什麼坂上豐會這麼說呢？

我看著他的表情，看來對於自己剛才說的話，他好像十分後悔。

我改變了詢問的方向。

「坂上先生和罹難的竹本先生有交情嗎？」

「不，那個……完全沒有。」

「所以說，那次旅行是您和竹本先生第一次見面囉？」

「是的。」

「我剛才問過了坂上先生受邀參加旅行的情況了。那麼，竹本先生又是透過什麼關係參加的呢？他好像不是會員，也不是工作人員。」

「這個我就不知道了……」

「但是您應該知道他和誰認識吧？」

「……」

坂上豐閉上嘴，而我也靜默地直盯著他的嘴巴看。就這麼過了幾十秒之後，他終於顫抖著張開了嘴。

「為什麼……要問我？」

「啊？」

聲音不自覺地從我口中漏了出來。

「根本沒有必要問我吧？這種事情，去問山森社長不就好了嗎？」

他的聲音雖然有點嘶啞，但語氣卻相當強硬。

「不能問您嗎？」

「我……」他好像想要說些什麼，不過還是把話嚥下去了，「什麼都不知道……」

「那麼，我再換一個問題好了。」

「沒有那個必要。」他說著準備站起來，「時間到了，我再不回去排練不行了。」

「有一位名叫川津的人，他也有一起參加旅行吧？」我毫不在意地說道，他輪流看了我和冬子的臉之後，點了點頭。

「另外還有一個名叫新里美由紀的女攝影師也參加了。您還記得嗎？」

「這些人怎麼了嗎？」

「被殺害了。」

他從沙發上站起來的動作靜止了一瞬間，不過馬上又恢復了。他眼神朝下看著我們說道：

「那件事和我有什麼關係嗎？妳幹嘛調查這些事？」

「川津雅之是……」我調整一下呼吸之後，說：「我的男友。」

「……」

「如果您還能允許我再多說一句的話，我想告訴您，犯人的目標應該是參加了那次遊艇旅行的成員。所以，下一個可能就是您了。」

漫長的沉默。這段時間裡，我和坂上豐互相盯著彼此的眼睛。

最後他先移開了目光。

「我要去排練了。」

他丟下這麼一句話之後，便走掉了。我很想對著他的背影再說一句話，不過最後還是什麼都沒說，靜靜地目送他離去。

2

「妳為什麼會說那種話呢？」

在回程的計程車上，冬子問我。

「哪種話？」

「說什麼犯人的目標是參加遊艇旅行的成員……」

「啊——」我苦笑，伸出舌頭，「不知道為什麼突然很想說。」

這次換冬子笑了。

「那就是無憑無據囉？」

「理論上來說是無憑無據，不過，我是真的這麼相信的哦！」

「是直覺嗎？」

「可能是比直覺更有說服力的東西。」

「我還滿想聽聽看的！」

冬子在狹小的車內蹺起腳，身體稍微朝我這兒靠過來。

「其實是很單純的想法。」我說：「從我們手上現有的資料來看，不難發現，去年發生意外的時候，應該還發生了其他的事情。然後，有人想要隱瞞那件事。」

「但妳不知道那是什麼事情吧？」

「很可惜，我不知道。不過我想在川津被偷走的資料中，一定有留下相關證據。而想要得到那份資料的其中一個人，就是新里美由紀，不過她被殺害了。也就是說，在這次事件中，被盯上的人很有可能不是想要知道秘密的人，而是想要守住秘密的人。」

「然後想要守住秘密的，就是參加旅行的那些人……對吧？」

「正是如此。」

聽我說完，冬子緊緊閉著嘴，非常認真地點了頭。接著思考了一會兒之後，她又開口說道：

「如果真是這樣的話，接下來的調查就難上加難了。妳看嘛，關係人鐵定全都會閉口不談那件事的。」

「當然囉！」

事實擺在眼前——今天的坂上豐就是這個樣子。

「怎麼辦呢？現在只剩下山森社長身邊的人了。」

「煞有介事地跑去問好像也行不通啊！雖然我無法斷言，不過如果所有相關的人都已經事先講好了保守秘密的話，統籌的人應該一定是山森社長沒錯。」

「妳有什麼計謀嗎？」

「嗯，」我將雙手交抱胸前，竊笑起來，「也不能說沒有。」

「妳想怎麼辦？」

「很簡單。」我接著說：「就算山森社長對全部的關係者都下了某種封口令，但是唯獨有一個人，沒有受到指示的可能性非常高。我鎖定的目標，就是那號人物。」

3

接下來的星期天，我來到了都內的某個教會前面。

教會位於某條靜謐的住宅區街上，外牆是由淡茶色的磚塊堆砌而成；建築物是面對著斜坡建造的，入口則設在二樓。到入口的地方，還需要爬幾階樓梯。一樓的地方是停車場。沿著坡道駛來的車子，已經停了好幾輛在裡面了。

教會的正對面有一個公車站，和教會中間就夾著那道斜坡。我坐在那裡的椅子上，一邊假裝在等公車，一邊悄悄地窺視對面的情形。正確的說法是——觀察著開進停車場裡的車子。

山森由美——那個眼睛不太方便的少女——在我還沒有決定直接向她問話的時候，就已經知道那是非常困難的任務了。她每天都搭乘著由專用司機駕駛的白色賓士車前往啟明學校上課，所以想要在上下學的時候跑去找她說話，是絕對不可能的。另外，在我向那個學校的學生打聽之下，發現他們好像只有在每週兩次的小提琴課，以及星期日去教會的時候，才可以離校外出。當然，這些都還是得靠司機接送。

我推測司機在帶她進去教會之後，應該就會回到車上去，於是決定直接在教會裡面和她接觸。

我坐在公車站的長椅上，等待著白色賓士車的到來。幹這種事的時候，公車站可說是非常方便。一個女人呆呆地坐在椅子上，任誰看了都不會覺得奇怪。會覺得匪夷所思的，大概只有經過公車站牌的公車司機而已吧！

看到等待已久的白色賓士車出現的時候，大概已經有五、六輛公車從我面前開過去了。等我看到白色賓士車在教會的停車場停妥之後，我環顧四周，確定沒有人影，就穿過斜坡往教會的方向前進。

躲在附近的建築物陰影下沒多久，我就等到了兩個女孩，踩著慎重的步伐走出停車場。其中一人是由美，另外一個是和由美年齡相仿的少女，我想應該是由美的朋友吧！她牽著由美的手往前走。至於司機的身影，則沒有出現。

我從建築物的暗處出來，快步朝她們走去。剛開始的時候，她們兩人似乎完全沒有注意到，不過沒多久，由美的朋友就看到我了，她用有點驚訝的表情望著我。當然這個時候，由美也跟著停了下來。

「怎麼了？」

由美問她朋友。

「妳們好。」我對她們說。

「妳好。」

回答的是由美的朋友。由美感覺十分不安，失去焦點的眼睛慌慌張張地轉動著。

「妳是山森由美小姐嗎？」

我知道她看不見，所以輕輕地笑出聲來。當然，她僵硬的表情並沒有因此而比較舒緩。

「小悅，她是誰？」

由美問道。小悅，好像是她朋友的名字。

我拿出名片，交給那位叫作小悅的女孩。

「幫我唸給她聽吧！」

她把我的名字一個字一個字，分開唸給由美聽。由美臉上的表情似乎出現了非常細微的變化。

「之前在運動中心有和您見過面……」

「嗯，對哦。」

我其實並不期待她會記得我的名字，所以有點訝異。看來由美是個比我想像中更聰明的少女。

知道我是由美認識的人之後，小悅的臉色也變得比較安心。不能放過這個機會。我開口說道：

「我有一點事情想要請問妳哦，現在可以撥點時間出來嗎？」

「咦？可是……」

「只要十分鐘。不，五分鐘就可以了。」

由美閉上嘴。她好像也很在意身邊朋友的心情。

我對著小悅說：

「我們談完了之後，我會把她帶到禮拜堂裡面的。」

「可是……」

小悅低下頭，語氣含糊地說：「人家交代我一定要一直跟著由美。」

「有我在的話就沒關係了呀。」

不過兩個少女卻同時陷入沉默。因為她們兩人都沒有決定權，所以除了沉默也沒別的辦法了。

「人命關天哦！」我在無計可施之下，只好這樣說：「我要問的是和去年在海邊發生的那件意外有關的事情。由美，妳也是當時遇難的其中一人吧？」

「去年的……」

看得出來她十分驚訝，臉頰上甚至泛起些許紅暈。過沒多久，這道紅暈就蔓延到耳朵邊上了。

「小悅！」她提高聲音叫著她的朋友，「走吧，要遲到了。」

「由美！」

我抓住她纖細的手腕。

「請放開我。」

她的口氣非常嚴厲，但是卻讓我感到她有點可憐。

「我需要妳的幫助。那件意外發生的時候，是不是還發生了別的事情呢？我希望妳能告訴我。」

「我、我什麼都不知道。」

「不可能不知道吧？因為妳當時也在場啊。我再說一次，這是和人命扯上關係的事情哦！」

「……」

「名叫川津和新里的人，都已經被殺死了哦！」

我毫不猶豫地說出來。這個時候，由美的臉頰好像抽動了一下。

「妳知道這兩個人的名字嗎？」

由美還是閉著嘴巴，搖搖頭。

「可能是忘記了吧。這兩個人也是去年和妳一起參加遊艇旅行，一起碰到船難意外的人哦！」

她張開嘴巴，嘴型看起來好像是在說：「咦？」不過她的聲音並沒有傳到我的耳朵裡。

「我相信那個時候發生的意外，一定藏有什麼秘密，而這兩人就是因為那個秘密才被殺害的，所以我必須要知道那個秘密是什麼。」
我用雙手抓著她的肩膀，緊盯著她的臉看。照理說她應該看不到我的臉，不過她卻好像感覺到我的視線一般，別開了臉龐。
「我……那個時候昏過去了，所以不太記得。」
她用和她的身體一樣纖細的聲音回答道。
「只要說記得的事情就可以了哦！」
然而，她卻沒有回答，只是悲傷地垂下眼睛，搖了兩、三次頭。
「由美。」
「不行！」她開始向後退，兩隻手像是在找東西一樣，在空中胡亂揮舞著。小悅見狀，抓住了她的手。
「小悅！快點把我帶到教會去！」
由美這樣說後，小悅為難地看看她的臉，再看看我的臉。
「小悅，快點！」
「嗯。」
小悅一邊在意著我，一邊抓著她的手小心地爬上樓梯。
「等一下！」
我從下方喊著，小悅的腳步在一瞬間猶豫了。

「不要停下來！」

由美馬上這樣叫道，所以小悅只是再看了我一眼，稍微點頭示意之後，又繼續帶著由美朝著樓梯上方前進。

我沒有再叫住她們。

4

這天晚上冬子來我家，我便向她報告白天的情況。

「是哦？果然還是不行啊！」她拉開罐裝啤酒的拉環，一臉失望，「跟我們的預測相反，敵人的防範措施相當堅固呢，看來這個山森社長連自己的女兒都下了封口令吧。」

「嗯，可是感覺又有點不太像。」我一邊說著，一邊夾了片煙燻鮭魚到嘴裡，「雖然被她給狠狠地拒絕了，不過很明顯的，她的表情有點迷惘。如果是被下了封口令的話，我想應該不至於出現那種表情。」

「不然是怎麼樣呢？難道她是自己決定對這件事情保持緘默的嗎？」

「應該是這樣吧！」

「我真不懂。」冬子緩緩地搖搖頭，「跟那件意外同時發生的，到底是什麼樣的事啊？連眼睛不方便的女孩都想要隱瞞的秘密，到底是怎樣的事情呢？」

「我的想法是認為，她在包庇身邊親近的人。」

「包庇？」

「沒錯，爸爸或媽媽之類的。也就是說，如果把這個秘密說出來，會對身邊的人不利。」

「總而言之，」冬子喝著啤酒，喝完後又繼續說：「就是她身邊的人做了一些見不得人的事情囉！」

「不只她身邊的人。」我說：「在那場意外中活下來的人全都是。當然，川津雅之和新里美由紀也包括在內。」

不曉得為什麼，那天夜裡我始終輾轉難眠。

在喝了好幾杯摻水威士忌之後，我重新鑽回床上，好不容易淺淺地入眠了，不過還是一直驚醒。而且驚醒之前，絕對都是做了一個非常討厭的夢。

就像這樣，在不知道做了第幾個夢之後，我驚醒了過來，接著突然有一種奇妙的感覺。我很難解釋這是什麼樣的感覺，不過就是覺得很不安，沒辦法鎮定下來。

我看了看床邊的鬧鐘——三點過了幾分鐘。我躺回床上，抱著枕頭再度合上眼。

不過，這個時候——

不知道從哪裡傳來了「喀隆」一聲，好像是輕輕地撞到了什麼東西的聲音。

我又睜開了眼睛，接著豎起耳朵。

我就這樣維持著抱著枕頭的姿勢一陣子，後來卻什麼聲音都沒再聽到了。不過正當我覺得是自己的錯覺時，下一瞬間又聽到了「鏘鐺」一聲金屬碰撞的聲音。我認得這個聲音。那是掛在客廳的風鈴的聲音。

「什麼嘛！原來是風啊！」我想著，再次垂下眼皮。可是我的眼睛立刻又張得老大，同時心臟用力地抽了一下。

從窗戶的緊閉狀況看來，這個房間裡是不可能有風在其中流動的。

有人在房子裡？……

恐懼在一瞬間支配了我的心。抓著枕頭的手勁越來越大，腋下也冒出汗來，脈搏跳得飛快。

又出現了細微的聲音！我不知道是什麼東西發出來的，感覺很像什麼金屬的聲音，不過這次好像拖得比較長。

「拿出膽子來吧！」我下定決心。

鎮定了呼吸之後，我從床上滑了下來。然後像是忍者一樣，躡手躡腳地走到門邊，用著抵死不能弄出聲音來的謹慎把門打開二、三公分。我就從那條細縫窺視外面的情況。

客廳是一片漆黑，什麼都看不到。只有放在電視上面的錄影機電子螢幕上，時鐘的數字閃爍著綠色的光芒。

我就這麼等了一會兒之後，還是沒有察覺到有人在動的氣息，也沒有聽到任何聲音。

過了沒多久，我的眼睛習慣了黑暗，發現沒有人躲在室內的跡象，風鈴的聲音亦停止了。
我決定再把門打開一點。不過，還是沒有任何變化。看了幾千遍、幾萬遍的家，依舊和以往一樣寬敞。
我飛快的心跳稍微減緩了一點。
我一面環顧四周，慢慢地站了起來，伸手摸到了牆上的電燈開關，按了下去。剎那間，整間房子亮起了淡淡的燈光。
沒人在，房子裡也沒什麼異樣。我在睡前喝的威士忌酒杯，也好好地放在原本的位置上。
是我神經過敏了嗎？
雖然眼前的結果稍微令我安心，不過胸口的不祥預感依舊沒有消除。就算認為可能是自己太神經質了，但心中卻無法用這個理由說服自己。
應該是太累了吧——為了讓自己接受，我試著這麼想。
可是，當我再度關上電燈時，一個異樣的聲音傳到我的耳朵裡來。
那個聲音，是從另外一個房間——我的工作室——傳來的。而且是我再熟悉不過的聲音——電源啟動中的文字處理機。
奇怪？我思忖著。工作結束後，我應該有把電源關上。而且我並不記得自己有再打開過。

我膽戰心驚地推開工作室的門。當然，這裡的電燈也已經在剛剛就被我關掉了。但是黑暗之中，放在窗邊的文字處理機的螢幕上閃著白色的字。電源果然是開啟的。

我心底的不安再度甦醒了，脈搏跳動的速度也漸漸加快。抱著幾乎要滿溢出來的不安情緒，我緩緩地走近工作桌。然而，當我看見文字處理機螢幕上顯示的文字之後，雙腳便無法動彈了。

再不收手就殺了妳

我看著這行字，倒吸了一口氣，然後花了很長的時間重重地吐氣。果然有人侵入房子。而且這個人，是為了留給我這個訊息才闖進來的。

再不收手就殺了我……嗎？

我無法想像是誰繞了這麼一大圈來警告我。但是這個人知道我的行動，並且為此感到擔心害怕。也就是說，雖然調查的順序亂七八糟，但是我們的確朝著某件事接近中。

我拉開窗簾。和房間裡面比起來，屋外竟然如此明亮。宛若用圓規描繪出來的月亮，輕輕地浮在雲中間。

事到如今，我不會收手的——我對著月亮喃喃自語道。

5

在教會和由美談話那天之後，隔了三天，我前往山森運動廣場。那是個非常晴朗的星期三，我擦了比平常更厚的防曬粉底液以後，才踏出家門。

山森卓也社長對於我二度提出的見面請求，爽快地答應了，連我為什麼要見他的理由都沒問。「我全都知道哦！」可能是因為這樣吧。

到了運動廣場之後，我直接上了二樓的辦公室找春村志津子小姐。她今天穿著白色襯衫。

「您有事要找社長是嗎？」

她說完之後，伸手要去撥內線電話，我用手掌制止了她。

「是的，不過現在離我們約定的時間還有一陣子。其實，我還有一件事情要麻煩妳。」

「是什麼呢？」

「我一開始來這裡的時候，妳不是介紹了一位叫作石倉的健身教練給我認識嗎？我在想，不知道能不能先跟他見上一面。」

「跟石倉……」她看著遠處的某個地方一會兒，問道：「現在嗎？」

「如果可以的話。」

「我知道了。請您稍候一下。」

志津子小姐再度拿起話筒，按了三個按鈕。在確認對方接起電話之後，她叫了石倉來聽電話，並傳達了我的請求。

「他現在好像剛好有時間的樣子。」

「謝謝。他是在健身房那層樓吧？」

「是的。不用陪您去嗎？」

「沒問題的。」

我再一次向她道謝之後，離開了辦公室。

抵達健身房之後，果然只看到石倉一個人躺著做舉重運動。今天的客人很少，大概只有兩、三個人在跑步機上慢跑或在踩固定式腳踏車而已。

我一邊看著石倉用他那隻巨棒般的手臂輕鬆地舉著槓鈴，一邊走近他。他發現了我之後，對我咧嘴一笑，可能是對自己的這個微笑很有信心吧！不過我一點也沒興趣。

「能夠這樣接近美女作家，真是我的榮幸呢！」

他一面用運動毛巾擦拭著一滴一滴流下來的汗，一面用我這輩子討厭的輕浮語氣說道。

「我有一點事情想要請教你。」

「請說請說！只要是我能力所及，一定會協助到底的。」

他不知道從哪裡找來兩把椅子，還順便買了兩罐柳橙汁。我想，他應該很受中年女性歡迎吧！跟我之前看到他時的感覺完全一樣。

「其實是關於去年在海邊發生的那起意外——啊，謝謝。」
他拉開了罐子的拉環，把果汁遞給我，我先喝了一口。
「石倉先生也是當時遭難的其中一人吧？」
「是的。那次還真是慘呢！感覺好像把一整個夏天分的泳都游完了呢！」
他說完燦然一笑。牙齒還真白。
「罹難的只有一人嗎？」
「嗯。是男的，大概是姓竹本吧！」
石倉用毫不在意的口吻說完，把果汁往喉嚨裡倒，發出了聲音。
「那個人是來不及逃走嗎？」
「沒有，他是被海浪給吞掉了哦！北齋[2]的畫中不是有一幅〈神奈川沖波裏〉嗎？就是那種感覺的海浪，像這樣啪啪地打在他身上。」
他用右手模仿海浪的樣子。
「你們大概是什麼時候才發現那個人不見了呢？」
「嗯……」石倉垂下頭來，彎著脖子。我不知道這是不是他刻意擺出來的姿勢。
「是到了無人島以後。因為不管怎麼說，自己在游泳的時候是沒那個閒工夫看別人的。」
「抵達無人島之後，才發現少了一個人是嗎？」

「就是那樣。」

「那個時候沒有想要去救他的念頭嗎？」

面對我的問題，石倉在一瞬間無言了。接著，他用著有點沉重的語氣重新開口說：

「如果不去在意成功率非常低這個事實的話，」他說完，停頓了一下，「我可能還會為了救他，鼓起勇氣再跳到海裡去一次吧！」

他用果汁濕潤了喉頭之後，繼續說道：

「可是那個成功率實在是太低了。而且如果失敗的話，連我自己的命都會丟掉。我們那個時候，不敢打這個賭。若是當時有人自告奮勇要去救人的話，應該也會被大家阻止吧！」

「原來如此。」我說，但是其實並不完全相信他說的話。我改變了問題，「那麼在無人島的時候，你都做些什麼呢？」

「沒什麼特別的，只是乖乖地等待而已。因為不是只有我一個人在啊！所以不會特別擔心，而且我相信救難隊一定會來。」

2 葛飾北齋是江戶時代的浮世繪師，代表作有《富嶽三十六景》等。〈神奈川沖波裏〉就是《富嶽三十六景》的其中一景。

「這樣啊……」看來再說下去也不會得到什麼新的情報。我微微點頭，對他說：「非常謝謝你。你剛才在訓練嗎？請繼續吧！」

「訓練？」他重複了一次我的問題之後搔搔頭，「您說舉重啊？那個只是無聊的時候打發時間玩玩而已啦！」

「但是我看到的時候，真的覺得很厲害哦！」

這是我真誠的感想。無論什麼樣的人，都有其可取之處的。

石倉開心地笑彎了眼。

「被您這樣的人讚美，真的讓我非常感激。但是這真的不是什麼了不起的事啦！您要不要試一次看看呢？」

「我？別開玩笑了。」

「請您一定要體驗看看。來來來，請躺在這裡。」

由於他實在是太熱情了，盛情難卻之下，我只好硬著頭皮答應了。還好我今天穿了輕便的褲子，動起來也比較方便。

在橫椅上躺下來之後，他從上方將槓鈴移到我手上。我想槓鈴的重量應該已經被調整過了，橫槓兩端只各掛著一片薄薄的圓盤。

「怎麼樣呢？」我看到他的臉出現在我正上方，「如果是這樣的話，應該還滿輕鬆的吧！」

實際上下舉個兩、三次之後，的確沒有想像中的吃力。

「我們再加上一點重量吧！」

石倉說完就不知道跑到哪裡去了。我繼續上下舉著槓鈴。學生時代曾經加入網球社的我，對自己的體力多少有點自信，不過最近倒是真的沒在做什麼像樣的運動。我已經很久沒這樣使力了。

要不要趁這個機會，乾脆加入健身房呀——我想著。

石倉回來了。

「石倉先生，這樣就可以了。一下子突然做得太猛烈的話，會肌肉痠痛的。」

沒有人回答。我還在納悶怎麼回事，正要開口再叫一聲的時候，眼前突然白成一片。等我發現蓋在臉上的是濕濕的運動毛巾時，差不多已經過了兩、三秒了。然後當我想要再度發出聲音的時候，手腕上突然襲來一股沉重感。

有人從上面壓著槓鈴！我雖然拚命地苦撐，鐵製的橫槓還是壓到了我咽喉的地方。就算想要大聲叫，也因為全身的力量都用在手腕上而發不出聲音。

當然，雙腳在這個時候也毫無用武之地。

我的手腕麻痺了，握著鐵製橫槓的觸感漸漸消失，呼吸也變得困難起來。

已經不行了——

當我這麼想著，放掉所有力氣的同時，槓鈴的力量突然減輕，壓住喉嚨的壓迫感也消失了。同時，我聽到了某個人跑走的腳步聲。

我依舊抓著槓鈴，調整呼吸。發出來的吁吁聲，感覺好像是直接從肺部透過咽喉傳出來似的。

接下來，我感覺到槓鈴飄了起來。事實上，是有人把它從我手上接走，然後拿到某個地方去了。

我移動仍然痠麻的雙手，把蓋在臉上的毛巾拿掉。眼前出現的是一張曾看過的臉。

「嗨——」臉上堆滿笑容的是山森卓也社長。「您好像很拚命呢！不過，絕對不可以勉強自己哦！」

他手上拿著的正是讓我痛苦到現在的槓鈴。

「山森……社長。」

等我發覺的時候，已經全身汗流浹背了。血液全倒衝到臉上，耳朵也熱呼呼的。

「我問了春村，她說妳到這裡來了，所以我也過來看看。」

「山森社長……請問一下，剛才有沒有別人在這裡？」

「別人是指？」

「我也不清楚，不過我想剛才應該有個人在這裡。」

「唔。」他搖搖頭，「可是我剛才來的時候，一個人都沒有哦！」

「這樣嗎……」

我撫摸著喉嚨，還感覺得到剛才鐵製橫槓抵住的觸感。是誰想要殺我呢？怎麼可能——

這個時候，石倉回來了，兩隻手拿著槓鈴用的重物。

「怎麼了嗎？」

石倉用憂心忡忡的聲音問道。

「怎麼回事？你丟下客人，跑到哪裡去了？」山森社長問。

「我是想這個可以幫忙她鍛鍊體力，所以……」

「那個……石倉先生，我鍛鍊夠了。」我揮揮手，「我完全了解了。這個果然是很辛苦呀！」

「咦？這樣子啊。真是可惜呀！我還希望您能夠更充分掌握自己的能力。」

「我已經可以掌握，所以不用了。非常謝謝你。」

「是嗎？」

即使這麼說，他還是一副依依不捨的樣子看著槓鈴。

「那我們走吧！」

山森社長說完，我站了起來，腳步還搖搖晃晃。

6

回到辦公室的時候，山森夫人正好從社長辦公室走出來。

「有什麼事嗎？」

山森社長開口問道。夫人好像這時才注意到我們兩人。

「有件事情想要跟你商量，不過你好像有客人啊。」

她望著我的方向，於是我對她點頭示意，不過她卻沒有任何表示。

「那妳先去打發一下時間再來好了。由美沒有跟妳在一起啊？」

「她今天去茶會了。」

「是嗎？那大概一個小時之後，妳再來吧。這邊請。」

山森社長推開了門，我又和夫人點了一次頭之後，就走進社長辦公室。我感覺到她的視線一直頂著我的背影——如同刺一般的視線。

進入社長辦公室以後，山森社長馬上請我坐在沙發上。幾乎在我坐下來的同時，女秘書就走出辦公室了。大概是去準備飲料吧。

「我看了妳寫的小說了。」他一坐下來，劈頭就是這句話。「很有趣呢！雖然我個人不是那麼喜歡復仇的主題，不過犯人微妙的苟且心態這個點很不錯哦。我最討厭那種一邊說著一大堆理論，一邊報仇的小說了。」

我不知道該怎麼回答才好，所以只是沒意義地說了：「這樣啊。」

「但老實說，我也有覺得不太滿意的地方哦。我最不喜歡的點啊，就是用犯人的遺書來揭開部分的複雜疑團。我不贊成在沒有必要的情況下，犯人隨隨便便地告白這件事。」

「您說得有道理。」我說：「是我沒才華。」

「沒這回事啦。」

正當他說著客套話的時候，女秘書端著冰咖啡出現了。

我一邊從包裝紙袋裡抽出吸管，一邊想著槓鈴的事情——我說的當然是剛才死命壓在我脖子上的槓鈴。

某個人把濕答答的毛巾蓋在我臉上，然後從槓鈴上面壓下來。

那人究竟是誰呢？

是眼前這個山森社長嗎？

冷靜想想，我便明白犯人並沒有要置我於死地的意思。如果在這種地方死了人的話，會引起極大的騷動，這麼一來，犯人的身分也會很快就曝光了吧。

也就是說，這是警告。

就像昨天有人潛入我家一樣，對方只是打算給我警告——要我別再插手。

而且毫無疑問地，那號人物就在這個中心裡。

「冰咖啡怎麼了嗎？」

聲音突然傳進我耳裡，讓我嚇了一跳。這時我才知道自己看著咖啡杯出了神。

「沒什麼，我只是在想這個咖啡真好喝……」

我這麼說完之後，才發覺自己根本連一口咖啡都還沒喝。

「妳今天來的目的，我已經大概知道了。」他津津有味地喝著咖啡，說道：「妳是想要問一年前到底發生了什麼事，對吧？」

「……」

「為了問這個問題，妳跑去跟各式各樣的人見面了吧？像是金井呀、坂上呀，還有我們家的小女兒，也被妳盤問過了。」

「您知道得真清楚。」

「嗯，因為他們都算是我身邊的人啊！」

「身邊的人」嗎？

「不過誰也沒對我說出真相呢！」

山森社長露出一個含蓄的微笑。

「為什麼妳可以斷言他們說的不是真相呢？」

「因為……」我回望著他一臉期待的面孔，「那些的確不是真相吧？」

他像是聽到什麼有趣的事似的，露出微笑。然後靠在沙發上，點燃了一根菸。

「為什麼妳要如此在意那件意外呢？那件事情跟妳毫無關係，對我們來說都是過去的事了。雖然不是一件應該忘記的事情，但也沒有必要一直翻出來談。」

「可是我確信有人因為那個意外而被人殺死了——就是川津先生和新里小姐。而且川津是我的男友。」

他輕輕地搖搖頭，過了一會兒之後，開口說道：

「傷腦筋耶！」他說完，深深地抽了一口菸。「前兩天有刑警跑到這裡來哦！」

「刑警？來找山森社長嗎？」

「沒錯。聽說川津和新里兩個人有關係的地方，就是去年不知道在哪個雜誌上刊登的紀行文。那個刑警好像是要從他們兩個人在工作上各自的關係人開始，進行調查。那個時候我就被詢問了哦，就是『請問你知不知道什麼』之類的。」

「您應該是回答『不知道』囉？」

「當然！」他用一副理所當然的口吻說道：「因為實際上就是沒有啊！那個時候就是碰到意外，然後很不幸地死了一個人——只是這樣而已。」

「我很難相信就只有這樣。」

「妳不相信的話，我會很困擾的。」

山森社長用宛如從胃部發出的低沉聲音說著。他的臉上還是漾著微笑，可是眼底卻完全沒有笑意。

「妳不相信的話，我會很困擾的哦。」他又重複了一次，「只是單純的船難事故。除此之外沒有其他故事。」

我沒有回應他這句話，只努力地用不帶任何感情的聲音說道：

「我有一件事情想要麻煩您——我想見您的千金。」

「見由美？」他挑起單邊眉毛，「妳找我女兒有什麼事嗎？」

「我想再問她一次同樣的問題，因為上一次她沒回答就逃走了。」

「不管問幾次都一樣，只是浪費時間而已。」

「我不這麼認為。總而言之，請讓我和令千金見面。就算她的回答是『什麼事都沒發生』的話，也沒關係。」

「這樣我很困擾。」山森社長的眼神完全拒絕了我的要求，「我女兒在那次事故當中，受到非常大的驚嚇。我們夫妻兩個人的想法，都是希望她能盡早忘記那件事情。而且由美在那個時候幾乎是昏迷狀態，所以就算真的發生了什麼事，她也應該都忘了。今天就算她真的記得好了，也只會記得『什麼事都沒發生』而已。」

「不管怎麼樣，您都不能讓我和令千金見面嗎？」

「正是如此。」他冷冷地說著，然後像是要觀察我的反應一般，緊緊盯著我。對於我表現出的沉默，他似乎感到滿意了。

「能麻煩妳體諒我們嗎？」

「也沒別的辦法了。」

「沒錯。」

「那可以請您告訴我一些事情嗎？」

他伸出左手，手心朝上，像是在說：請。

「先是竹本幸裕的事。他是在什麼情況下參加那次遊艇旅行的呢？他應該不是會員，也不是工作人員吧？」

誰都不清楚關於這個人的種種，天底下哪有這麼荒謬的事。

「他的確不是會員，」山森社長若無其事地說：「不過在招呼非會員客人的時候，常常看到他。尤其是在室內游泳池。其實因為我也常去那裡，所以自然而然就熟起來了。但是除此之外，我們之間也沒有更進一步的交往了。」

我回想起山森社長曾經是游泳選手這件事情。在同一瞬間，竹本幸裕十分擅長游泳這個事實也浮現在我腦海。

「這麼說來，就算是山森社長的介紹囉？」

「就是這樣。」

雖然我還是先點了頭，但這並不代表我完全相信這番說辭。他的這番話，或許他自己認為說得通，然而竹本幸裕和山森社長兩個人之間的關係居然沒有人知道，這點真的很可疑。

「除了竹本先生之外，還有另一個跟大家沒什麼關係的人，一個叫作古澤靖子的女人。」

「啊……是的。」

「那位女士也是透過山森社長的關係參加的嗎？」

「嗯，沒錯。」山森社長突然用大得很不自然的音量說道：「她也是游泳池的常客。不過自從那次意外之後，我就沒有再見過她了。」

「也沒有聯絡嗎？」

「沒有，我想她應該是在那次意外中嚇到了吧！」

「您知道古澤靖子搬家了嗎？」

「搬家？不知道。原來她搬家了啊……」

他輕咳一聲，看來好像是打算向我表示他對這件事情毫無興趣。

「那還有……呃……」

抓準了我中斷問題的時間點，他一邊看著手錶，一邊站了起來。

「這樣子可以了嗎？不好意思，我之後還有事。」

沒辦法，我只好慌忙地跟著站起來。

「謝謝您了。」

「呵呵，繼續加油吧！不過……」他盯著我的眼睛說：「別做得太過火。不管做什麼事情，都要知道該收手的界線，這是很重要的。」

他原本可能想用開朗的口吻說，不過在我耳中聽來，卻是極其黑暗。

女秘書一路目送著我離開房間。我記得她的名字應該是村山則子，她也有參加去年的旅行。

「我也想向您請教一些事情。」

在離開之際，我試著對她說道。不過她只是保持著微笑，慢慢地搖了頭。

「不說多餘的話，是秘書的工作。」

她的聲音很好聽，語氣彷彿像是站在舞臺上說話一樣明晰。

「不管怎麼說都不行嗎？」

「嗯。」

「真是可惜。」

她再度露出微笑。

「我拜讀了老師的書了。非常好看呢！」

她口中的這個「老師」指的好像是我，我有點驚訝。

「是哦？謝謝。」

「接下來也請您繼續寫出更多好看的書。」

「我會努力的。」

「為此，我想您還是不要太熱中於不必要的事情比較好。」

「……」

——咦？

我重新審視了她的臉龐，看見她美麗的笑容依舊。

「那麼我就此告退了。」

接著她就離開了。我則呆呆地目送著她身材姣好的背影離去。

7

這天晚上，我去了好久沒造訪的冬子家裡。冬子的老家在橫須賀，這間池袋的公寓是她租來的。

「被盯上？」

冬子把披薩放回桌子上，發出驚訝的聲音，因為我把楨鈴那件事告訴了她。

「說是說被盯上了，不過我認為對方好像不是認真的。大概是警告吧！」

我剪掉指甲，一邊用銼刀將指甲前端磨平，一邊說道。

「警告？」

「也就是叫我不要再對這件事情探頭探腦的意思啊！說實話，我昨天晚上也被警告了。」

「昨天晚上？發生什麼事了？」

我告訴她關於文字處理機的事情。冬子的表情好像看到了什麼窮兇極惡的東西似的，只搖了一下頭。

「是誰幹了這種事情……」

「我大概已經知道了吧！」

我把 tabasco 灑在披薩上，再用手拿起來。雖然是在便利商店買的冷凍食品，但是味道還不錯。

「事故的關係者啊！他們全都不想再提到意外發生當時的事情。對他們來說，我可能就跟煩人的蒼蠅一樣吧！」

「問題的疑點就是：為什麼他們要隱瞞到這種地步？」

冬子伸手拿了一片披薩，而我則倒了一杯摻水威士忌。

「大致上，我已經推理出個概要了。我想，應該是跟那個竹本的死有關吧！」

「快讓我聽聽妳的推理吧！」

「還沒有到可以說的階段啦！要先得到直接的證詞才行。」

「可是他們每個人的嘴巴不是都閉得緊緊的嗎？」

「面對城府深又狡猾的大人們，問再多都沒有用。還是只能訴諸純潔的心呀！」

「意思就是……妳打算再去找由美一次嗎？」

我點點頭。

「不過，我需要一些能讓她敞開心房的工具。依照現在這個狀況，我看不管去找她幾次都只會碰一鼻子灰。這個女孩應該是意志力很強的人哦！」

「工具嗎？……很困難吧！」

冬子說完，伸手去拿第二片披薩，就在這個時候電話響了起來。電話就在我的旁邊。

「一定是工作的電話啦！」我一邊說，一邊拿起了話筒。「喂？你好，這裡是萩尾家。」

「喂？我是坂上。」

「坂上……請問是坂上豐先生嗎？」

聽到我的聲音，冬子把快要碰到嘴邊的披薩再度放回盤子裡。

「是的。請問妳是萩尾小姐嗎？」

「不是，我是前兩天和萩尾小姐一起去拜訪您的人。」

「啊，那個推理作家……」

「請稍等一下。」

我遮住話筒，把電話交給冬子。

「喂？我是萩尾。」冬子用著有點嚴肅的聲音說道：「是……咦？事情嗎？那是什麼樣的……嗯……這樣嗎？」

這次換成她把話筒遮住，看著我說道：

「他說有重大的事情要告訴我們，現在我要跟他約時間，妳什麼時候都可以吧？」
「可以啊！」
冬子又回到電話上，說：「什麼時候都可以。」
重大的事情嗎？……
是什麼事呢？我思索著。上次見到他的時候，他淨是說些令人聽了咬牙切齒的回答。這次是要好好回答那個時候的問題嗎？
「好的，我知道了。那麼明天就等您的電話。」
冬子這麼說完，便掛上電話。不知道是不是錯覺，她的臉頰上看起來好像有點紅暈。
「地點和時間決定了嗎？」
我問。
「他要先確認日程，然後明天晚上會再打電話給我。」
「是哦！」
其實我心裡想的是，如果可以，最好現在馬上就見面。
「重大的事情是什麼呀？」
對於我的問題，冬子搖搖頭。
「他說見了面之後再說。搞不好就是要說那起船難事故的事呢！」
我也覺得這個可能性很高。要說他有什麼事情需要找我們，我也只能想到這件事了。

「假設真的是這樣的話，他為什麼突然想告訴我們了呢？之前明明拚命拒絕我們。」

「誰知道？」冬子聳聳肩，說：「會不會是感覺到良心的苛責啊？」

「可能吧！」

我嚼著冷掉的披薩，又喝了一口摻水威士忌，不知道為什麼開始興奮起來了。只是這根本就不是該吃披薩的時候。

我們倆在隔天，就被告知了那件事。

發生事情的隔天傍晚，我去某個出版社和一位叫作久保的編輯見面。關於相馬幸彥這個作家——就是竹本幸裕——的事情，在我單方面地到處打聽之下，只有這個久保說他知道。久保以前是做雜誌的，現在負責文藝類書籍。

在只排著簡單桌椅的大廳裡，我們兩個人面對面坐著。在大廳裡沒有別的人，角落放著的電視正在播放重播的卡通。

「他是個相當有趣的男人哦！那個相馬幸彥。」

久保一邊擦拭著額頭的汗水，一邊說道。光看著他肚子上堆積的脂肪，就讓人覺得他應該真的是很熱。

「他是那種會一個人跑到國外去，一邊工作一邊取材的人。精力旺盛，一點兒都不輸給其他人。」

「但是他的作品賣得不太好吧？」

「沒錯。那也是他的天賦之一。」久保搖了搖筆，「要是他能多認真聽我說的話就好了，他就是沒有這種彈性，老是把原稿直接拿來，也就是這樣，他的作品內容都很無聊。」

「你們最近一次見面是什麼時候呢？」

「嗯……我跟他已經很久沒見面了。應該有兩年了吧！現在他不曉得過得怎麼樣呢！」

「……您沒聽說嗎？」

我驚訝地問道。他的表情像是寫著「什麼？」般地看著我。

「他過世了。去年因為遭遇船難事故而去世了。」

「咦……」

久保的眼睛瞪得圓圓大大的，激動地擦著汗。

「發生這種事情啊……我完全不知道耶！」

「其實我這次來，也是因為想要針對那次意外做取材，所以才會打聽與相馬先生有關的事。」

「原來如此，妳想要以那件事故為範本寫一本書呀？」

他好像沒想太多就接受了我的說法。

我將話題繞回原本的問題上。

「對了，關於相馬先生私下的生活，您清楚嗎？」

「私生活？」

「說直接一點，就是女性關係。請問他有女朋友嗎？」

「唔……我也不知道。」久保的眼裡帶著某種情愫，眼睛稍微瞇起來，皺了皺眉頭，「因為他單身啊！傳言是說他到處拈花惹草啦！特定對象的話，我就不那麼清楚了……」

「他跟這麼多女人交往過呀？」

「他動作很快的，」久保緩和了臉上的表情說：「因為他的原則好像是『不是想要找女人的時候才去找，而是趁能找女人的時候趕快找』。那大概也是在國外生活時養成的人生態度吧！」

能找的時候……嗎？

「話說回來，就這方面來看他也算是個很有個性的男人。這樣嗎……原來他死了啊？我還真不知道呢！死在海裡……真是讓人無法理解啊……」

他歪了好幾次頭，但是因為他的表現看起來實在是太過意外了，反而讓我有點在意。

「您好像不太相信呢！」

我一說完，他馬上接著說：「很難相信啊！他常在各個國家挑戰泛舟啊、帆船什麼的，像這種賭上性命的場面他常遇到，而且每次都能突破難關。區區一個日本近海地區的船難事故就要了他的命？我真的很難相信。」

當他說著「很難相信」的時候，音量提高很多。

久保的這席話，讓我回想起竹本幸裕的弟弟正彥告訴過我的事情。他確實也說過同樣的話——我沒辦法想像哥哥會因為船難意外而死。

久保和正彥說的是真的嗎？還是意外本來就是這樣呢？我毫無頭緒。

之後我們兩個人隨便聊了一些沒意義的事情，大約過了十五分鐘之後，我站了起來。

「今天真是麻煩您了。」

「哪裡、哪裡。工作方面加油囉！」

我們並排走出大廳，然而中途久保突然停下腳步。

「我去關一下電視。」

他走到電視機前面打算關掉電源的時候，我大叫出聲。

「等一下！」

電視螢幕上正播放著我曾經看過的臉孔。

那張沒什麼表情、看起來很兇的照片下方，寫著「坂上豐」。我同時注意到那個節目，是新聞。

「……分局已經視之為殺人事件開始進行調查——」

怎麼會這樣?!

我顧不得身旁的久保驚訝的表情，切換了頻道。其他臺正好也都在播放這個事件的消息。

「今天過中午的時候，劇團的人員發現一名年輕男子，在×××劇團的練習地點流血身亡。聯絡警察前來調查的結果，發現死者是劇團成員之一，現居於神奈川縣川崎市的坂上豐（二十四歲）。坂上的後腦部位疑似被鎚子之類的東西重擊，由於他的皮夾等東西不見了，警方懷疑他殺的可能性很高……」

我的雙腳無法動彈，就這樣一直站在電視機前面。

獨白三

我之所以無法原諒他們，不單單只是因為我最寶貴的東西被他們奪走而已。
他們的行為是因自私自利的價值觀而生，因此對於他們毫不覺得羞恥這點，我感到怒火中燒。
他們甚至認為自己的行為是理所當然的。只要是人都會這麼做。
只要是人？
可笑至極。
他們做的事情根本等於否定了最具人性的東西。
我不期待他們會懺悔。我對他們毫無所求，因為他們沒有任何被要求的價值。
就算他們回擊，我也毫不畏懼，因為王牌和鬼牌都已在我手裡。

第五章 盲女的話

1

回到家，沖了澡之後，我的情緒稍微穩定了下來。我披著浴袍轉開電視，不過因為時間的關係，不論轉到哪一臺都沒在播報新聞。

從冰箱拿了罐裝啤酒出來，我喝了一口之後嘆了口氣。疲憊感全跑了出來，緊緊地包覆著我的身體。

唉，我喃喃自語：沒想到連他也被殺了——

不用警察調查我也知道，坂上豐是被殺的。他是繼川津雅之、新里美由紀之後的第三個犧牲者。

這三個人的共同點就是，在去年一同遭遇了船難事故。除此之外就沒別的了。

犯人的目的究竟是什麼？難道他的最終目的是殺光所有跟那起事故有關的人嗎？

我推測接下來還會陸續出現犧牲者。像是在嘲笑一點線索都找不到的警察和我們一般，殺人事件會一直持續下去。

目前可以想到的結果只有兩個，我思索著。

一個結果是，全部的人都被殺。雖然不是阿嘉莎・克莉絲蒂寫的故事，不過結果卻還是「一個都不留」[3]。

另外一個結果是，某一個人活下來，然後其他的人全都被殺死。在這個情況下，活下來的那個人就是犯人，這樣想應該頗合理。

想到這裡，某個名字又從我的腦海中浮出來。

古澤靖子。

她究竟是活著，還是已經死了呢？這個問題的答案足以讓整個推理的方向完全改變，可是我卻找不到她的行蹤。

而且，我想，坂上豐到底要告訴我們什麼事呢？第一次和他見面的時候，他雖然拒絕了我們，不過又好像很難受似的。給我一種感覺：他是在拚命忍耐自己想要將一切公諸於世的欲望。

我突然想起一件事，於是把皮包拉近身邊。在皮包裡找了一會兒，果然找到了我記憶中的那份劇團簡介。

這上面介紹的是這次他們要演出的現代劇，上面也有坂上豐的名字。當我看到坂上的角色時，差點被啤酒給嗆死。

上面寫著——偽裝成老人潛入養老院的窮學生。

偽裝成老人？

3 《一個都不留》是英國名推理作家阿嘉莎・克莉絲蒂（Agatha Christie）的代表作之一。

在我腦中浮現的是川津雅之的東西被快遞送來那天，一直躲在陰影下盯著我看的老人身影。那個快遞員說他沒看清楚老人的臉，我也只瞥到一眼。那個老人該不會是坂上豐喬裝的吧？

如果真的是這樣的話，他是原先就知道川津雅之的東西會送過來我這裡，才特地前來監視的嗎？然後若是逮到機會，他會不會就打算把東西偷走呢？

沒有錯，我想。去年的意外之中，一定有什麼大家都想隱瞞的秘密。

當我去拿第二罐啤酒的時候，電話響了起來。我也知道打來的人是誰。

「妳看新聞了嗎？」

冬子劈頭說道，聲音帶著非常明顯的失落。

「對方又捷足先登了。」我說：「差一點就可以從他那裡得到什麼情報了。犯人是不是知道這樣，才把他殺掉的啊？」

「我想應該不是吧……」

「總而言之，我們的確是被對方搶先一步了。」

「……應該要約早一點的。」

「冬子不需要覺得是自己的責任。對了，我又知道了一些事情。」

我告訴冬子，日前看到的老人有可能是坂上豐喬裝的。果然冬子也很驚訝。

「敵人的監視真是嚴密啊！」

「總之，在發生了這麼多事件之後，我們非得盡快知道事故的秘密不可。警察現在可能也差不多應該抓到那三個人的共同點了。」

「但是要找誰問呢？」冬子說。

「就像我之前說過的，只剩下一個人了——就是山森由美。」

「不過妳還沒有拿到讓她開口的工具吧？」

我理直氣壯地搖搖頭。

「我覺悟了。」做了一次深呼吸，我說：「用更強硬一點的手段吧！」

2

在坂上豐被殺害三天後的晚上，我和冬子坐在車子裡頭。

「妳已經深思熟慮過了吧？」

右手抓著方向盤的冬子問道。她一邊說著，眼睛依舊注視著前方。沿著我們停車的這條路向前約幾十公尺處，有一幢白色的洋房，冬子的眼睛就是看著那幢房子。山森由美搭乘的賓士車在大約一個小時之前，進入了停車場。

「責任我來擔，妳別擔心。」

我對著她的側臉說道。

「我沒在擔心啊！如果山森社長知道是我們幹的，大概也不會聯絡警察吧！要說擔心，大概也只有這輛車——從剛才我就一直提心吊膽的，怕它刮傷。」

冬子這麼說完，敲了敲方向盤。這輛車——白色的賓士，是她向熟識的作家借來的。就算使用強硬一點的方法也要和山森由美碰面，把事情問出來——這個決定本身是很好，不過如同我一直所擔心的，和山森由美見面並不是那麼容易的事。

在啟明學校會有那輛白色賓士車接送。一個禮拜兩次的小提琴課，老師也都親自到停車場來接她，等到下課了又送她回到車上，保護得非常徹底。

除此之外，她幾乎完全不會外出。原本會去的教會，也聽說自從我上次逼問的那一天之後，就再沒去過了。

因此和冬子再三討論以後，我們決定把目標擺在小提琴課的時候。說是這麼說，其實也沒有什麼特別的理由。硬要說的話，可能只是因為小提琴老師家位在山區，往來行人比較少，我們比較能期待夜幕低垂的黑暗能幫上一點忙吧！

過沒多久後，賓士車上的時鐘顯示著八點四十分。

我看到了之後，打開右側的門下車，然後加快腳步走向山森由美現在應該在裡面練習小提琴的那間房子。

西式洋房外頭圍著一圈非常稱頭的磚牆，旁邊有個可以容納兩輛車的停車場。現在停在那裡的，只有那輛白色的賓士車。我偷偷窺視駕駛座，發現司機正躺在斜斜的椅子上打盹。

我繞到駕駛座旁邊，叩叩叩地敲著車窗。從他的方向看過來，應該會因為逆光而看不清楚我的臉。

司機緩慢地把眼睛睜開一條縫，然後突然慌慌張張地跳起來打開電動車窗。

「那個……不好意思，請問您可以先把車子挪走嗎？」

我用流露著萬分抱歉的聲音說道。

司機好像在想我是誰的樣子，但是最後他什麼都沒問，只用有點不可思議的表情說：

「有什麼不方便的地方嗎？」

「因為等一下載貨的卡車要開進來。」我說：「所以要從這裡把貨物搬進去。」

事實上，這個停車場的後方設有類似卸貨專用的出入口。

司機回頭看了一下那個出入口之後說：「原來如此。」他了解似的點了點頭，「那我要把這輛車停到哪裡去呢？」

「這前面一點的地方有一間咖啡廳，」我指著道路的遠方，「您可以先停在那裡的停車場裡稍作休息。由美小姐的課程結束之後，我們會來叫您的。」

然後我掏出一張千元大鈔給他。司機一邊說著不好意思，一邊還是收下了。接著他精神百倍地發動引擎。

在確認了白色賓士已經朝著咖啡廳的方向離去之後，我朝著反方向，用雙手做了一個大大的圓圈。和剛才的賓士同樣的引擎聲從遠方傳來，兩顆大燈亮起之後，車子慢慢地朝我的方向靠過來。

我們的白色賓士車停在我面前。

「好像進行得還滿順利的嘛！」

冬子說。

「好戲現在才要登場呢！再過沒多久，小提琴課就要結束了。」

「要讓引擎一直開著嗎？」

「好啊！」

於是冬子沒有熄火就下了車，然後打開後車門。做完這些事之後，我們就躲在停車場裡。

仔細傾聽的話，可以聽到小提琴的旋律飄揚。這應該是由美拉的吧！力道強勁而圓滑的音色，或許可以說是她所隱藏的內在表現。

出乎意料地，我們享受了一場音樂演奏。經過一段時間之後，小提琴樂聲從我們耳畔消失了。我們在停車場觀察著四周的情況。

玄關傳來門打開的聲音，交談聲也傳了出來。我們相互點了頭之後，慢慢地走出去。

「咦？沒看到中山先生耶！他跑到哪裡去了？」

一位個子很高的女性牽著由美的手，一邊端詳著我們，一邊說道。這位女性就是小提琴老師，而中山大概就是那個司機的名字吧！她看著我們，不過眼神中沒有顯示出任何的興趣。我想她可能覺得我們兩個只是單純的路人吧！

高大的女性讓由美坐上我們的賓士車後座，砰的一聲關上門。然後嘴上好像說著什麼，又抬頭向周圍張望。看來她對眼前這輛白色賓士一點疑心都沒有。

「走囉！」

我說道。

「沒問題！」

冬子回答。

我們倆邁開大步，直接朝賓士車走近。老師原本用有點懷疑的眼神看著我們，然後表情開始變得有些疑惑。不過讓她的臉色有了決定性改變的，是冬子稀鬆平常地坐上駕駛座的那一剎那。小提琴老師張大了嘴巴，然而她又好像不知道在這樣的場面，自己該說什麼臺詞才是。

「這是我的名片。」

我儘可能地讓自己的聲音聽起來很冷靜，把名片拿到她面前。她伸手接下，嘴巴還是張得開開的。人類在碰到意想不到的事情時，做出的反應真的很有趣。

「請告訴山森先生，我們一定會將他的千金平安送回去的。」

我說完話的同時，也跟著坐進後座。先坐進來的由美好像還搞不清楚到底發生了什麼事。

「那、那個，等一下！」

「請代我們向山森先生問聲好。」

留下手裡還拿著我的名片的小提琴老師，我們的白色賓士車揚長而去。

車子開了沒多久，由美就發覺坐在自己隔壁的，正是前幾天在教會和她說過話的那個女推理作家。可能是因為我的香水味道而認出來的。

「我非這麼做不可。」

我說完便向她道歉，由美什麼話也沒回答。

冬子停車的地方，是距離山森家不到一公里的某個公園旁邊。那是一個只有鞦韆和動物形狀水泥塊的簡單公園。由於實在是太過陽春了，裡頭甚至連對情侶都沒有。

「我想繼續前兩天我們聊的話題，」我說：「妳會跟我談吧？」

由美沉默地摸著小提琴盒。可能透過這個動作，可以鎮定她的情緒吧！

「爸爸他……」沉默的時間過了一會兒之後，她終於張開嘴輕聲說：「說不可以隨便亂說話……他說我那個時候意識不清楚，是不可能明確地記得什麼事情的。」

她的聲音微微顫抖著。

「但是妳有自信自己的記憶是正確的吧？」

又是一陣沉默。

「沒有嗎？」

她搖搖頭。

「我不知道。爸爸說我是把夢境和現實混在一起了……」

「由美！」我抓住她的手。她的手腕細得令我吃驚，好像一用力捏就會折斷似的。「我之前也說過吧？可能一直會有人被殺哦！解救他們的方法只有一個，就是先抓到犯人，而妳的記憶對這件事情來說是非常必要的。就算這個記憶，像是夢境和現實的八寶粥一樣也沒關係。因為在這個八寶粥裡面，一定藏著另外的線索。」

我注視著由美的臉，冬子好像也透過後照鏡凝視著由美。原本就不太寬敞的車內，因這股令人難受的氛圍，讓我感覺更狹窄了。

「妳應該知道坂上先生吧？」因為由美歪了歪頭，所以我又補充說明，「坂上豐哦！他是演員，是去年和你們一起去海邊的其中一個人。」

她可愛的嘴唇稍微動了一下。我看著她的嘴唇繼續說道：

「他也被殺了。」

她的嘴唇又抽動了一下，然後看著我說：

「妳騙我的吧？」

「是真的，電視新聞上也都有報導哦！」

我一邊說一邊想到，跟她說電視什麼的好像沒有意義。報紙也一樣。在山森家，應該會有人特地把報紙的新聞唸給她聽，告訴她社會的動態吧！如果真是這樣的話，坂上豐死掉的事情，說不定是故意隱瞞她的。

「妳可能不知道，不過這是真的。坂上先生被殺害了，犯人正在把去年船難事故的關係人一個一個殺掉哦！」

少女的眼睛裡浮現再清楚不過的恐懼。我看穿由美的迷惘了——她的心在動搖。

「妳的父親可能也被盯上了哦！」

我故意用沒有抑揚頓挫的聲音說道。接著她深深地倒抽了一口氣。

「爸爸他也被……」

「媽媽也是哦！」

一直沉默的冬子坐在駕駛座上說。她說的這句話可以說是最具效果的一擊，因為由美的身體在一瞬間顫抖了。

「嗯，沒錯。」我說：「的確，媽媽也有可能是犯人的目標哦！還有由美——妳也是。」

由美深深地垂下頭，並且維持了這個姿勢好幾秒鐘。接著她抬起頭來做了一次深呼吸，轉過頭來面向我。

「那個……如果我在這裡說出來的話……妳會幫我們想想辦法嗎？」

我透過後照鏡和冬子交換了視線，鏡子裡的她輕輕地點了一下頭。

「我們會想辦法。」我說：「總之，只要是在我們能力所及的範圍，我們都會去做。」

由美低下頭來，小聲地說道：

「請不要告訴任何人哦！」

「我答應妳。」

我點點頭。

3

好像假的一樣，我腳底下踩的東西就這麼不見了——

眼睛看不見的少女，用這樣的說法來形容意外發生那瞬間。無法用視覺掌握現場狀況的她，只能用身體失去平衡這個感覺來判斷遊艇上發生的事情。

她說，在她腳底下踩著的東西消失的幾乎同一瞬間，海水就襲了上來。究竟是自己掉到海裡，還是船浸水了，她自己並不清楚。

「因為在那之前，我從來沒有掉到海裡去過。」

她說道。

總之就是全身都浸在水裡吧！

在恐怖中掙扎了一會兒之後，她就被某個人抱住了。「別擔心，是爸爸哦！」這個聲音隨後傳進她的耳裡，於是她死命地抓著父親——

「之後發生了什麼事情，我也不知道。爸爸叫我不要隨便亂動，所以我就只管抓著爸爸的手腕，把自己完全交給爸爸。我的身體好像朝著後方漂流，我想大概是因為爸爸的游泳方向的關係吧！」

救人的時候，好像就是要那樣游吧？我一邊聽著她的話，一邊思考著。

究竟花了多久的時間才抵達無人島，她好像也不知道。由於恐懼的緣故，所以覺得時間過了很久，然而實際上是不是真的經過了那麼長的時間，她說她自己也不敢肯定。不只那個時候，關於時間經過的長短，她平常也沒什麼概念。或許真的是那樣吧！

「靠近無人島的時候，因為腳下終於踩到陸地，所以我終於放心了。結果，全身的力氣好像消失了一樣。」

對於她說的話，我發自內心地同意。坐在前面的冬子也點了點頭。

好像到了無人島之後沒多久，由美就失去意識了。這大概是因為從極度緊張狀態突然解放的關係吧！而且她應該也消耗了相當的體力。

「等我恢復意識的時候，聽到了有人說話的聲音。我馬上就知道那是一起搭船的人們發出來的。知道那些人也都成功逃出來之後，讓我鬆了一口氣。可是……」

然後她便不再說話了。這種沉默的方式，就像是明明一鼓作氣要飛躍什麼東西，可是在最後關頭還是決定停下腳步一樣。也因為如此，她露出一種厭惡自己的表情。

「有一個女人尖聲大叫。」她深深吸了一口氣之後說：「聲音很大……好像要把喉嚨喊破似的。」

「她喊了什麼呢？」

我問道。

「求求你們……」由美說著，她的語氣非常強烈，連冬子都回過頭來看著我們這邊。

「幫忙……那個女人這麼叫著。」

我理解地點點頭。

「求求你們幫忙——她是這麼說的嗎？」

「是的……」

嗯，我說道。

「那她是希望大家去幫誰呢？因為那個女人自己應該已經得救了吧？」

「他……」她中斷了一下，才又繼續說下去，「那個女人說的是——求求你們幫幫他。」

「幫他……嗎？」

「妳記得那個女人是誰嗎？」冬子開口問由美，「那個時候參加的女性，除了妳之外還有四個人吧？妳的媽媽和秘書村山小姐，還有攝影師新里美由紀小姐，跟一個叫作古澤靖子的人。妳不知道是哪一個嗎？」

「我不知道，」由美搖搖頭，「不過因為當時有情侶參加，所以我想應該是那對情侶的女方。可是名字叫什麼我就不清楚了。」

情侶？——

如果真是這樣的話，新里美由紀和村山則子就都不能列入考慮了。當然，也不可能是山森夫人。

「也就是說，那個女人是想找人救她的男朋友囉？」

我再一次確認。

「我想應該是這樣。」

「那個時候還有誰在那裡呢？」

聽完我的問題之後，由美痛苦地扭曲著臉。

「爸爸……好像還有好幾個人也在，不過我不太曉得。大家說話的聲音都很小，而且我自己的意識也不是很清楚……對不起。」

不用道歉哦！我說道。

「然後呢？在那邊的人怎麼反應呢？他們有去救那個女人的男朋友嗎？」

雖然我叮囑自己要盡量用泰然的口氣，不過一不小心聲音還是急促了。

她搖了搖小巧的臉龐。

「好像有某個人說沒辦法的樣子，不過那個女人還是一直哭著拜託大家。我那時候心裡想，叫爸爸去想想辦法就好了呀！可是當下我好像又昏了過去，後來發生的事情我也不記得了。每次想要回憶的時候，頭就會開始痛起來，而且就像爸爸說的一樣，我也覺得自己搞不好是把夢境和現實混在一起了……所以我才沒跟任何人提起過這件事。」

說完這番話之後，她一把抱起小提琴的盒子。然後像是在害怕什麼似的，往前坐了一點。

「這就是妳在無人島經歷的事情嗎？」我問完，她便像發條娃娃一樣點了頭。我將手掌放在她瘦弱的肩膀上，說了聲：「謝謝。」

「妳能夠保護爸爸嗎？」

我在手掌上略施了點力氣。

「妳的這些話，讓我覺得自己應該可以保護他了哦！」

「那幸好我有說。」

「當然囉！」

在我說話的同時，冬子開始發動汽車。

我們開車把由美送到山森家門口，按了對講機，告訴對方已經把他們家的千金小姐平安無事地送回來了之後，便不管對方的大呼小叫，全速逃走。從車裡回頭看的時候，我發現那個照理說看不見的女孩正朝著我們這邊揮手。

「總算看出一點事情的端倪了。」在車子開了一會兒之後，冬子開口說：「一個女人——在她眼前，自己的男友被見死不救的人們害死了。這個男友就是竹本幸裕。」

「而那個女人，毫無疑問就是名叫古澤靖子的那位。」

我說道。

「總之，」冬子說到一半，對著前方突然踩煞車的車子猛按喇叭。看來她已經習慣這臺白色賓士車了。「就是那個叫古澤靖子的女人眼睜睜地看著自己的男朋友死去之後，開始復仇嘛！」

「這個架構未免也太單純了。」

「是啊。不過就是因為單純，所以山森社長自己也注意到了。不只是他，其他參加旅行的人應該也一定都知道吧！」

「這麼一來，」我的腦海裡浮現一個場景——最後和川津雅之見面的那個夜晚。「川津可能也知道自己之所以被盯上，是因為古澤靖子的復仇吧！所以才會跑去找山森社長聊。」

我一邊說著，開始有點鬱鬱寡歡。我的男友也是對竹本幸裕見死不救的其中一個人嗎？不對，那個時候他不是腳受傷了嗎——

「那就代表川津被偷走的資料裡，寫有跟由美的證詞同樣的內容囉！」

我對冬子說的話頷首認同。

「新里美由紀想要拿到那份資料的原因也很清楚了。還有那些意外關係人誰也不肯好好跟我們說話的理由也是。」

「問題是這個古澤靖子啊……」冬子說：「她到底在哪裡呢？」

「可能是躲在某個地方，觀察殺害下一個目標的機會吧！」

我想著那個素未謀面的女性。雖然那只是一個事故造成的結果，但是戀人在自己眼前遇難卻束手無策的那種震驚，究竟是什麼樣的情緒呢？之後她還和那群理當恨之入骨的人們共度一晚，然後隔天一起被救走。在我心裡覺得，她應該早在那個時候，就已經開始擬定復仇計畫了。

在她的劇本中，下一個被殺害的會是誰呢？

4

在義大利餐廳吃晚飯之後，我回到我的公寓，這個時候大概是十一點多。因為走廊很暗，所以我花了一點時間才從包包裡找出鑰匙來，當我把鑰匙插進鑰匙孔的時候——

有種詭異的感覺。

手上並沒有傳來開了鎖的感覺。

我拔出鑰匙，試著轉動門把之後用力一拉，大門竟然毫無阻礙地應聲打開了。

出門的時候，忘記上鎖了嗎？

不可能，我暗忖。自從那個時候川津雅之的資料被人偷走以後，我對「鎖門」這件事可說是近乎神經質地注意。今天我也記得自己絕對有鎖門。

也就是說，有人曾經進去我家，或者是——現在還在裡面。

我就這樣拉開門進到屋子裡。裡面很暗，一盞燈也沒開，也沒有任何聲音。

但是，直覺告訴我有人在屋子裡。我感覺到對方的氣息了，而且還發現屋子裡飄盪著香菸的臭味。

電燈的開關設在一進門就可以摸得到的地方，我戒慎恐懼地伸出手按下開關。

我停止呼吸，瞬間閉上眼睛，把身體貼在牆壁上。接著等心跳稍微鎮定下來之後，我才慢慢地睜開眼睛。

「等妳好久了哦！」

山森社長說道。他坐在沙發上蹺著腿，臉上堆滿了笑容。不過那雙眼睛還是老樣子，活脫脫像是另外一個人的一樣。

「這麼一來我就都知道了。」我好不容易發出聲音來了，語尾還有點顫抖，「進出這間房子好幾次的人就是你吧？亂翻紙箱，又在文字處理機上惡作劇。」

「我可沒做過那種事情哦！」

他的聲音十分冷靜，冷靜到讓人憎恨的地步。

「就算你沒做，也可以叫別人下手吧！」

可是對於這個問題，他並沒有回答，只用左手的手指搔了搔耳朵。

「要不要喝什麼啊？啤酒？如果要威士忌的話，我這裡也還有。」

不用——他像是這麼說一般搖搖頭。

「為什麼我會到這裡來，妳知道嗎？」

「不是來說話的嗎？」

「沒錯。」

他交換了蹺著的腿之後盯著我看——從頭到腳，簡直就像是在檢查什麼似的。我沒有辦法正確辨明隱藏在那雙眼睛中的感情。

「妳把由美還給我了嗎？」

山森社長看夠了之後，丟了一個問題過來。

「那當然。」

我回答道。

他摳摳左耳，然後用平靜的口氣說：「妳真是幹了件莽撞的事呢！」

「對不起。」先道歉再說，「我的個性就是這樣，想到了就會馬上去做。」

「會當上作家，也是妳的個性使然嗎？」

「是的。」

「改一下比較好哦！」他說：「不然的話，又會讓男人從妳身邊逃走——就像妳的前任老公一樣。」

「……」

我不自覺地說不出話來，露出了內心的動搖。看來，這個男人對於我的事情也調查得相當清楚了。

「如果我去找警察的話，妳要怎麼辦呢？」

「我沒想那麼多。」

「因為妳猜想如果我知道犯人是妳的話，就不會去找警察，對吧？」

「那當然也是其中一個想法。」我回答道：「不過，另外一個有根據的因素占比較大的比例哦！如果驚動了警察，我從由美那兒問出來的話，不就會被攤在太陽底下了嗎？我想你應該不會做那種蠢事。」

「妳相信我女兒說的話嗎？」

「相信。」

「雖然妳可能無法想像，不過那個時候的由美可說是處於極限狀態。就算分不清楚夢境和現實的區別，也沒什麼好奇怪的。」

「我相信她經歷過的事情全是現實。」

說到這裡他便沉默了。是想不到回嘴的話嗎？還是在製造什麼效果呢？我並不清楚。

過了一會兒，他才說：「是嗎？那也沒什麼關係。總之別再做這些沒必要的事情比較好，我是為了妳好才這麼說的哦！」

「非常謝謝你。」

「我是說真的。」他眼裡藏著銳利的目光，「對於妳男友的死，我很同情，但是奉勸妳還是早點忘記比較好，不然的話，下一個受傷害的人就是妳了。」

「受傷害……你是說我也被盯上了嗎？」

「不只是這樣。」他說，聲音非常陰沉。「只有這樣，對方是不會善罷干休的。」

我吞了一口口水。他看著我，我也回看著他。

「大概，」我開口說道：「大概所有的人都被你集中管理，再聽你的指示行動吧！調查竹本幸裕他弟弟的行動，也是你的命令吧！」

「妳現在說的話是問題嗎？」

「我只是陳述而已。只是說說話應該沒什麼關係吧？好歹這裡也是我家。」

「那是當然的——我可以抽菸嗎？」

「請便。我繼續剛才的話。你在川津和新里小姐被殺害的時候，就想到那會不會是一年前對竹本先生見死不救的復仇行動，然後便開始調查這個可能進行復仇行為的人——也就是竹本幸裕的弟弟竹本正彥——的行動。透過掌握他在川津和新里小姐被殺的時間點的行蹤，就可以判斷他是不是犯人吧！」

在我說話的這段時間，他拿出香菸，然後用一個看起來異常高級的銀色打火機點火。抽了一口之後，他攤開手掌向我比了一下，示意我繼續。

「但是……這只是我的臆測，就是他的不在場證明。事件發生的日子，他應該都有上班吧！」

「……」

「犯人是古澤靖子吧？這個是問題，請你回答。」

山森社長連續抽了兩、三口菸之後，也吐出相同次數的煙。在這期間，他的視線一直停留在我的臉上。

「不要跟她扯上關係比較好。」

這是他的回答。說完之後他還是閉上嘴巴，我困惑了。

「不要扯上關係比較好……怎麼說？」

「不管怎麼說，總之就是這樣。」

沉重苦悶的沉默持續了一陣子。

「我再問妳一次，」山森社長說：「妳沒有收手的意思嗎？」

「沒有。」

他嘆了一口氣，嘴巴裡剩下的煙也一起被吐出來了。

「真拿妳沒辦法。」他把香菸在菸灰缸裡捻熄。那個菸灰缸是已經離婚的前夫曾經使用過的東西。到底是在哪裡找到的呢？
「我們換個話題吧！妳喜歡船嗎？」
「不，沒有特別……」
「下個月我們會搭遊艇出海。成員除了去年參加的人之外，只多了幾個而已。如果可以的話，妳要不要也參加呢？」
「遊艇……又要去Y島嗎？」
「對，和去年的行程完全一樣。還計畫在我們避難時待過的無人島停一會兒哦！」
「無人島也要……」
他的目的是什麼？我暗自忖度，應該不會是要做一週年的法事吧！但無論如何，山森社長一夥人一定是要做些什麼才會想去的。
槙鈴事件又再一次地浮現腦海。
參加這次旅行，就代表我要深入敵陣了。搞不好他們的目的就是我也說不定。
「妳的表情好像在警戒什麼呢！」山森社長像是看穿了我的迷惘似的說：「要是一個人覺得不安的話，也可以帶人來。那位小姐好像姓萩尾吧？要不要也邀請她一起參加呢？」
的確，若是冬子也在的話，我會比較安心。而且我感覺到要是一直維持現狀，會什麼事情也解決不了。由美的說詞沒有任何證據，就算有佐證，事件的樣貌還是不明朗。不僅如此，我自己也很想加入這些關係人聚集的場合。

「我知道了。」我下定決心說：「我想參加。不過冬子可能也有自己的事情要忙，所以正式的回覆我會在幾天後通知你。」

「可以。」

山森社長站起來拍了拍褲子，調整好領帶之後，輕咳一聲。

我這才發現他是穿著鞋子進來的，所以玄關那裡才會沒有男人的鞋子。他就這樣從我面前走過去，然後當然也就這樣走下玄關。我仔細一看，發現地毯上留著一點一點的鞋印。

在打開大門之前，他只回過頭一次，接著從西裝褲的口袋裡拿出了某個東西，扔在地板上。乾巴巴的金屬聲音響起，然後又恢復靜謐。

「這個我已經不再需要了，所以就留在這裡吧！」

「……謝謝。」

「那就在海邊見囉！」

「……海邊見。」

他開門走了出去，鞋子的聲音也越來越遠。

我撿起他丟在地板上的東西，冰冷的觸感從指尖傳來。

——原來如此。

我領悟地點點頭。

這看起來好像是我家的備用鑰匙呢！

第六章

再度造訪海邊

1

遊艇碼頭在夏季時分真是熱鬧非凡。

各式各樣的船隻停泊在港邊，四周圍繞著啟程前的沸騰活力。目光所及之處，全都是曬得黝黑的年輕人們。背負著行囊的他們，腰部線條俐落有型。

海洋沐浴在艷陽下熠熠生輝，放眼望去淨是一片湛藍。

我們到了約好的地方之後，春村志津子小姐便來迎接我們。

「天氣晴朗，真是太幸運了。」

她還是笑容滿面地說道。她今天的造型是坦克背心配上短褲，讓我們完全忘了她平常的形象。

「大家都來了嗎？」

我問。

「是的，就剩妳們兩位了。」

我們跟在她後面走，沒多久就看到站在白色遊艇甲板上的山森社長。他注意到我們之後，便舉起那隻暴露在T恤外的粗壯手臂。

「前些日子真是有勞妳了。」

等我走到遊艇旁邊時，他開口對我說道。

「受您照顧了。」

我說完之後，他摘掉深色的太陽眼鏡，抬頭望向天空說：「這還真是最適合遊艇出遊的晴朗天氣呢！」

一會兒之後，金井三郎安靜地走過來替我們把行李拿到遊艇裡，我們跟著他走進船艙客房。裡面放了一張小床，秘書村山則子和山森母女都在。村山則子看見我們之後，對我們輕輕地點頭示意，然而山森夫人卻連正眼也沒瞧我們一眼。可能她還在對那時我們帶走由美的事感到憤怒吧！由美則是沒有發現進入客房的人是我們的樣子。

「船尾的地方也有客房。」

金井三郎這麼說完，便繼續走向狹窄的通路，所以我們也就繼續跟著他。通路上還有廁所和浴室，讓我有點驚訝。

船尾的客房也已經有人先住進去了，是一名年輕的男性。過了不久之後，我就回想起他的臉了。

「竹本先生也一起來參加了嗎？」

我開口向他搭話。竹本正彥原本正在看雜誌，聽到我的聲音之後，他抬起頭來。

「啊！」他露出一副好久不見的表情，「前幾天真是謝謝您了。」

等到金井三郎走開之後，我才向他介紹冬子。

「其實是山森社長邀請我來的。他這麼一提，我才想到自己連哥哥過世的地方都還沒看過，所以毫不考慮就參加了。」

「是哦……」

我心中百感交集。竹本正彥可能覺得山森社長是一個親切的人吧！他應該做夢也想不到，自己的哥哥正是因為他和其他人見死不救，才命喪黃泉的。

「對了，在那之後怎麼樣了？還有人去調查你的事或是在你家外面亂晃嗎？」

「沒有耶！最近沒有了。對了，就是在和妳見面那陣子之後，就突然什麼狀況都沒有了。」

「這樣嗎？」

我點點頭。

過了十分鐘之後，我們的遊艇出發了。然而這艘船將駛往何處？不用說，這時候的我一點也不知道。

2

遊艇以緩慢的速度南下。由於我並不知道遊艇正常的速度為何，所以現在這個速度算快還是慢，其實我無法判斷。操控遊艇的山森社長說了「我們用比較悠閒的步調去哦」，所以我想這大概算是比較慢的速度吧！

我和冬子並排坐在後半部的甲板上，遙望著漸漸離我們遠去的本州。看了無邊無際的大海之後，本州根本就像是夾在天空和海洋中間的髒東西。

我用只有冬子聽得到的聲音說道。

「我們一開始去山森運動廣場的時候，在和山森社長見面之前去了游泳池一趟吧？」

「我記得啊！」

「那個時候，我們把貴重物品先寄放在櫃臺了對吧？」

「嗯。」

「我記得我們游泳的時間不超過一個小時。」

「嗯，是這樣沒錯。」

冬子應該不知道我為什麼會問這些問題吧！

「如果有一個小時的時間，搞不好足夠從皮包裡把我家的鑰匙拿走，然後到附近的鎖行複製一把備用鑰匙。假使不可能，得到鑰匙的模型也應該是輕而易舉吧！」

「是啊……」

「就是這樣。」我微笑說道：「想盡辦法找了個理由讓我們去游泳池，只是因為想要找機會弄備用鑰匙。我昨天晚上想到的，不過就算是已經到了現在這一步，我還是很在意。」

的確是如此。因為那把備用鑰匙是因為對方「不再需要了」，才會落到我手上。

「妳的意思是說，當我們打算去見山森社長的時候，對方就已經知道我們打的是什麼如意算盤了嗎？」冬子說。

「正確的說法是，對方比我們自己還知道我們這一步要做什麼。因為在我們還不知道快遞送來的紙箱裡裝的是什麼東西時，他們就已經知道了。」

「為什麼會知道呢？」

「那當然是——」我稀鬆平常地說：「新里美由紀告訴他們的囉！她身負將船難意外的相關資料從川津家偷出來的重責大任，卻失敗了，所以只好馬上聯絡山森社長。雖然原本隔天那些資料就可以平安送到新里美由紀的手上，可是我們兩個人無預警地造訪山森社長，讓他不得不委屈自己擬出這個備用鑰匙的計畫。然而實際上最委屈的，要算是喬裝成老人的樣子來打探我家的坂上豐了。」

「他們也是照他們自己的方式努力了呢！」

「是呀！」

他們可能真的很努力，不過隨便進出別人家裡是很令人困擾的，況且還沒脫鞋子。為了弄掉山森社長的足跡，你們知道花了我多大的工夫嗎？

「不過，」冬子的聲音像是隱藏著千頭萬緒，「這次的遊艇旅行目的到底是什麼？參加的全都是他們的同伴……我不覺得光靠這樣，事件可以獲得解決。」

「的確是……很詭異。」

我看著駕駛室。在山森社長旁邊的山森夫人，不知道在和由美說些什麼。由美的眼睛看不見海，不過她看起來像是用全身去感覺它。

沒來由地，我打了一個冷顫。

在出發幾個小時之後，遊艇抵達了去年的意外現場。山森社長為了讓大家知道，把全部的人都集合到甲板上來。

「那就是我們漂流到的海島。」

沿著山森社長手指的方向看過去，一個好像人蹲踞著的形狀的海島靜悄悄地浮在那兒。從這個位置看不到別的島嶼，所以在一望無際的海洋上，就只有那裡長滿了茂密的草木，儼然成為一幅怪奇的景致。那座島嶼就像是來自一個莫名的國度，恰巧在這個時候停在那裡小歇片刻似的。

沒有一個人發出聲音，大家都靜默地盯著那座無人島看。在一年前，曾經因為漂流到那座島上而撿回一條命的人們自然不用說；沒有成功抵達而喪命的竹本幸裕的弟弟，胸口也應該同樣有著滿溢的澎湃。

「哥哥他……」第一個說出話來的是竹本正彥。不知道什麼時候，他來到了我身後，手上還拿著一小束花。

「哥哥他很會游泳的。」他用平靜的口吻以每個人都聽得到的音量說：「我做夢也沒想到哥哥會死在海上。」

他來到我們旁邊，將手上的花束丟到吞噬他哥哥的大海中。花束在我們眼前短暫地漂了一會兒，然後就以緩慢的速度流走了。

他向著大海雙手合十，我們也跟著他這麼做。若是這時有別的船隻和我們擦身而過的話，不曉得會用什麼樣的眼光看我們這艘船呢！

我們抵達Y島的時間，一如預計是在傍晚左右，住宿的地方派了車子來迎接我們。如果車子沒有出現的話，這還真是個物資缺乏到令人不知道該怎麼辦的小島。小型巴士載我們到住宿的地方，是棟比較起來還滿新的兩層樓建築物。全是鋼筋水泥製，有種高品質國民宿舍的風情。建築物的前方，有一個被樹林圍起來的停車場。

我們進入房子以後，便先往各自的房間走去。我和冬子的房間是二樓的邊間，南側的窗戶下面就是停車場，窗戶打開還可以看到海景。房間裡有兩張床和一個小小的輕便型書桌，另外還有茶几和籐椅。枕頭旁的檯燈上設有鬧鐘。

其實也還不錯。

晚餐六點開始。雖然是個不太熱鬧的晚餐會，不過大家本來就都不熟，也不能勉強。山森卓也對自己的妻子和女兒說著釣魚和遊艇的事，秘書村山則子也默默地聽著。金井三郎和春村志津子小姐則是活像這個旅館的工作人員一般忙進忙出。我再次回想起這兩個人好像是情侶這件事。

竹本正彥非常沉默，不過我想這也是理所當然的。他並不是特別板著一張臉，只是好像沒有特別想要跟誰說話的樣子，不停地夾著餐桌上的新鮮生魚片。山森社長偶爾會向他搭話，不過對話好像都沒有持續太久。

晚餐結束了之後，大家不知道為什麼都移動到隔壁的客廳去。客廳裡放著電動玩具和無洞撞球檯等娛樂設施。

最快靠近撞球檯的是竹本正彥。他熟門熟路地在球桿前方塗上巧克，然後像是稍微小試身手一般，球桿敲上白球。白球碰了球檯邊邊三次之後，命中了他前方的紅球。「哇！」有人發出了讚嘆聲。

「您可以教我嗎？」

村山則子一邊靠近他，一邊問道。

「這是我的榮幸。」

他說完，將另一支球桿交給她。

當他們開始講解四顆球規則課程之後沒多久，山森社長和一個矮小黝黑的男人一起從餐廳走了出來。矮小黝黑的男人應該就是這間屋子的管理人。

「佑介！」山森社長用格外洪亮的聲音喊道。佑介是石倉的名字。他正好要開始跟金井三郎和志津子小姐玩射飛鏢，手上已經拿著黃色的飛鏢了。

「你要不要陪我們一下？」

山森社長雙手做出排麻將的手勢，石倉的目光瞬間變了顏色。

「人已經找好了嗎？」

「就差你一個了。」山森社長回答：「這裡的主人和主廚已經加入了哦！」

「是哦……那我玩一下好了。」

石倉這麼說著，一面和他們一起走到樓梯那邊。我是在看到這棟建築物的空間配置圖的時候，發現麻將間在地下室。

這個時候突然響起了音樂聲，我四處張望，發現山森夫人剛從放在角落的投幣式點唱機那裡離開。她走到坐在沙發上等待的由美那邊，低聲說了什麼。由美的手指在書上移動，我想那大概是點字書吧！

金井三郎和春村志津子小姐在玩飛鏢，我們在他們旁邊玩著老式彈珠臺。機械手臂老舊，運作非常遲緩，所以想要得到高分可是比登天還難。不過即使如此，冬子還是拿到了足以重新玩一次的分數。真是了不起。

玩了幾次之後，我發現自己似乎很難贏過冬子，便先行回到房間去了。冬子說什麼她想要締造更高的成績，所以還是努力不懈地操作著機械手臂。

我爬上樓梯，不過卻在途中停下腳步往下看。

打著撞球的人、射飛鏢的人、圍著麻將桌的人、在彈珠臺上燃燒著熊熊鬥志的人，以及聽著音樂的人和讀著點字書的人。

這些人就是今天晚上在此投宿的住客。

3

回到房間的時候，枕頭旁邊放著的鬧鐘指針指著八點整，我決定先去沖個澡。

進去浴室之後，我先把浴缸的塞子塞起來，轉開熱水。就算浴缸是西洋式的，我還是非要好好地將全身浸在熱水裡不可，這是我的習慣。熱水發出跟尼加拉大瀑布一樣大的聲音，氣勢洶湧地從水龍頭流下來。

利用浴缸接水的時間，我刷了牙、洗了臉。旅館替我預備好的毛巾相當柔軟，質地很好。等到我洗完臉之後，浴缸裡的熱水已經滿得差不多，夠我把肩膀以下的部位都浸入了。我關上水龍頭，水聲便像被什麼東西吸走一樣，一下子就消失了。

我一邊在熱水裡舒展身體，一邊思索著這次旅行的事情。

這趟行程的目的究竟是什麼？說好聽點，是一週年忌日的悼念之旅，但我不覺得真的是這樣。難道有什麼非把這些成員再一次聚集在同一個地方的理由嗎？

還有一件讓我掛心的事。那就是：為什麼山森社長要邀請我們參加？如果他還想作什麼怪的話，我們的存在對他來說只是礙手礙腳而已吧！

在怎麼想也想不透的情況下，我拔掉了排水孔的塞子，準備先洗頭之後，再來沖個澡。排水孔的排水聲加上沖澡的聲音，讓整個浴室十分嘈雜。

我出了浴室，發現冬子已經回來了。她趴在床上看雜誌。

「妳打完彈珠啦？」

我一面用浴巾擦拭著頭髮，一面問道。

「嗯，沒辦法，零錢都用光光了。」

意思是說，如果零錢沒用完的話還會繼續打下去嗎？我覺得我看到了她的另外一面。

「其他人呢？」

「山森夫人和由美還在客廳。竹本先生和村山則子女士還沉醉在江湖浪子[4]的氣氛裡。看來他們兩個很合啊！」

「志津子小姐他們呢？」

「說是要去散步，不過誰曉得咧？」

冬子一副興趣缺缺的樣子說著。

頭髮擦乾後，我走到小型書桌那兒，拿出大學筆記本來，開始進行整理事情發生順序的作業。畢竟我們這次的行動可是要在不遠的將來寫成真實小說的，不多少做一點這方面的功課就說不通了。

我不經意地瞥了枕頭邊的鬧鐘一眼，上面顯示現在時間是八點四十五分。

在我工作的時候，冬子進去浴室洗澡。筆記本裡全是問號，讓我的心情非常煩躁。就在我快要受不了的時候，她從浴室裡出來了。

「好像陷入僵局了哦！」

她看穿了似的說。
「有點奇怪。」我說：「從各種角度來判斷，犯人應該就是竹本幸裕的女朋友，也就是那位名叫古澤靖子的女性。而這件事情山森社長他們一行人大概也都知道，可是他們卻沒有要找出古澤靖子的意思。反倒是在懷疑竹本正彥似的，調查了他身邊的大小事。簡直就像是認為古澤靖子不是犯人一樣。」
「不能說他們沒有在找古澤靖子哦！」冬子從冰箱裡拿出兩瓶果汁，把果汁分別倒入兩個杯子裡，「說不定是在我們看不到的暗處活動呀！妳想想看，我們一開始也不知道他們私下在調查正彥。」
「這麼說也是沒錯——啊，謝謝。」
冬子幫我把果汁放在桌子上。
「總之還是只能先觀察一下了。而且我們也還不知道山森社長舉辦這次旅行的真正目的啊！」
我點點頭，看來冬子在意的部分跟我一樣。
我又轉頭面對書桌看了一會兒筆記之後，望著窗外的冬子突然發出聲音。

4 《江湖浪子》（The Hustler）是電影明星保羅·紐曼的代表作之一，描述職業撞球高手巧妙的球技與多采多姿的生活。

「咦？」

「怎麼了？」

「沒什麼，不是什麼重要的事情……有人從玄關出去了。可能是志津子小姐吧。」

「志津子小姐？」

我也拉長身子從窗戶向外看去。只可惜外頭沒有街燈，樹木又非常高大茂密，所以沒有辦法看得很清楚。

「這個時候出門做什麼呢？已經九點四十分了。」

被冬子這麼一說之後，我看著鬧鐘，的確是這樣沒錯。

「可能是散步吧！金井先生沒有跟她在一起嗎？」

「不知道，我覺得應該是一個人。」

冬子望著窗外，搖了搖頭。

過了沒多久，我們就上床睡覺了。今天早上起得很早，再加上白天的疲勞漸漸開始滲透出來的緣故，我和冬子不停地打著呵欠。

「他們說早餐是八點開始。妳可以幫我把鬧鐘設定在七點嗎？」

冬子一說，我便把鬧鐘上小小的指針轉到七點。

這個時候，剛好是十點整——

獨白四

該來的時刻終於來臨了。

是時候殺掉那個女人了。

當那個女人的屍體映入他們的瞳孔時，他們究竟會有什麼反應呢？當他們知道，那個——乍看之下毫無關聯的女人被殺的時候。

不——

無論誰都知道，那個女人並非毫無關聯的人。不僅如此，若是那個女人不存在的話，這次的事情絕對不會發生。

是時候殺掉那個女人了。

光是回想起那個時候的感觸，就會令我的身體顫抖不已。並不是因為恐懼，而是到目前為止那些一直被我壓抑的東西，讓我全身的血液沸騰難耐。

不過，我的頭腦是冷靜的。

我知道我不能照著自己的欲望無窮盡地殺戮，一定要透過精心的策劃才行。而且現在我的精神狀態，平靜得連我自己都覺得很可靠。

沒什麼好迷惘的。
舒服的夜色染上我的心頭。

第七章

關於那個奇妙的夜晚

1

從討厭的噩夢中驚醒時，四周一片黑暗。

真的是個很討厭的夢。有個類似黑色煙幕的東西不停地追著我跑，無論我跑到哪裡，它都不放過。黑色煙幕有什麼好恐怖的，我自己也不知道，總之就是很可怕，嚇得我流了一身冷汗。

而且連頭也莫名其妙地痛起來了。

當我想要起床喝杯水的時候，發現隔壁的床位空蕩蕩的。

再仔細一看，床上放著冬子疊得整整齊齊的睡衣。我看向床腳，室內拖鞋取代了她的淺口便鞋，並排放在地上。

她也跟我一樣做了討厭的噩夢，所以跑去散步了嗎？

我看看鬧鐘，現在時間是十一點過一些，沒想到我並沒有想像中睡得那麼久。

走到洗臉臺洗了把臉後，我換了一套衣服。總覺得睡不太著，而且我也挺在意冬子的。

出了房間之後，外頭明亮得令我意外。而且還聽到人的笑聲從客廳傳來，好像還有人沒就寢。

走下樓梯之後，我看到山森社長和夫人、石倉以及旅館主人在談笑。他們的手上都拿著平底玻璃杯，中間的茶几上放著威士忌的酒瓶和冰桶。

冬子不在。
最先注意到我的是山森社長，他對我舉起手。
「睡不著嗎？」
「是啊，睡著睡著就醒來了。」
「那麼要不要加入我們呀？不過沒有什麼太高級的酒就是了。」
「不了，就別算我一份。對了，請問你們有看到萩尾小姐嗎？」
「萩尾小姐？沒有耶！」山森社長說完搖搖頭，「我們也是在大概三十分鐘之前才來這裡的。」
「因為只有大哥一個人猛輸呀！所以一直煩人地說什麼在挽回面子之前絕不放我們走。」
用著輕佻口吻說話的人是石倉。雖然沒什麼好笑的，我還是一面陪著笑一面靠近他們。
「太太是什麼時候過來這裡的呢？」
我看著夫人的方向問道。
「一樣。」夫人回答，「把女兒送回房間之後，我就一直待在我丈夫他們身邊。有什麼問題嗎？」
「不，沒什麼。」
我往玄關望去，玻璃門緊緊地關著。

冬子到外頭去了嗎？

山森社長他們如果三十分鐘前才在這裡的話，冬子大概就是在十點到十點半之間從房間裡離開的。

我走到玄關看了一下門鎖的狀況。玻璃門是從內側上鎖的。

「哦？妳朋友要是出去了的話，那就得把鎖打開才行呀！」

名叫森口的肥胖旅館主人來到我的身旁，然後打開了玻璃門的鎖。

「請問一下，這個門是什麼時候鎖上的？」

「唔……在我們打完麻將的前幾分鐘，大概是十點十五分還是二十分的時候吧！其實本來應該是十點就要上鎖的，我自己給忘了。」

他伸手指著貼在牆壁上的一張紙。原來如此，上面用奇異筆寫著「晚上十點以後大門就會鎖上，請注意」。

我有點介懷。

若是冬子真在晚上跑出去散步的話，就一定是在十點十五分之前。在那之後出去的話，冬子就得開了鎖之後才能出去，然而現在眼前這扇門是鎖著的，這有點說不通。

我看著掛在牆壁上的時鐘，指針指著十一點十分。也就是說，她如果是在十點左右出去的話，到現在也已經外出將近一個小時了。

「那個……」我再度看著坐在沙發上談笑的那群人，「真的沒有人看到萩尾小姐嗎？」

他們中斷談話，把視線全都集中到我身上來。

「沒看到哦！怎麼了嗎？」

發問的是石倉。

「她不在房間裡。我在想她是不是去散步了，可是因為實在是花太多時間了，所以……」

「原來如此，那還真令人擔心啊！」山森社長站了起來，「可能還是去找一下比較好。森口先生，可以跟您借一下手電筒嗎？」

「那是沒問題，可是要小心哦！外面黑漆漆的，而且走遠一點還會碰到懸崖。」

「我知道啦——佑介，你也一起來。」

「那當然。麻煩也借我一支手電筒。」

「我也去。」

我說。看著他們兩個人認真的樣子，更讓我心中的不安增加了。

我們分成兩組尋找冬子。由於石倉說他要沿著旅館前面的車道找找看，所以我和山森社長就繞著旅館周邊尋找冬子的蹤跡。

「為什麼非得在這個時候離開旅館不可呀？」

山森社長說話的聲音中帶著一絲憤怒。他和我兩個人單獨在一起的時候，都用著高人一等的方式說話。

「我不知道。明明我們是同時就寢的啊……」

「大概什麼時候？」

「十點左右。」

「那可不行啊，太早了哦！平常過慣不規律生活的人，就算偶爾想要早點睡也是睡不著的。」

我什麼也沒回答，只管移動著腳步。現在不是反駁他的謬論的時候。

旅館外面是個小小的森林，旁邊環繞著簡單鋪設的步道。沿著那個步道往深處走，就會到達旅館的後面。而在旅館後面，就是剛才主人說的懸崖。眼底淨是一片好像要把人吸進去的黑藍色闇影，還聽得到海浪在闇影裡拍打的聲音。

山森社長將手電筒照向懸崖下方。不過那種程度的亮光，果然還是沒辦法照到懸崖盡頭。

「應該不可能吧……」

他像是自言自語一般說道，我沉默以對，不願意作答。

我們繞了旅館一整圈之後又回到客廳看看狀況，但是冬子還是沒有回來。回來的只有沉著臉的石倉佑介一個人而已。

「人沒有在這間房子裡嗎？」

山森社長向旅館主人森口問道。森口用毛巾擦拭著太陽穴上的汗水回答：

「我整間房子都找過了，可是哪兒都沒看到人。其他的先生、女士我也問過了，不過大家都不知道。」

金井三郎和志津子小姐他們也都聚集在客廳裡了，目前不在這裡的只有由美。

「沒辦法，我在這裡再等一下好了。請各位去休息吧！等到天亮了，我們再去找一次。」

山森社長對著所有的人說。

「直接通知警察不是比較好嗎？交給他們處理比較實在。」

小心翼翼地說出這句話的人，是竹本正彥。不過山森社長當下就搖了頭。

「這座島上沒有警察局，有的只有派出所。而且真正有權管轄的也是警察總局，所以就算現在報警，也要到明天早上他們才會派直升機飛過來。在判斷這是真正的事件之前，我想警方是絕對不會理睬我們的。」

「目前只能等了嗎？」

石倉一邊敲打著自己的脖子，一邊問道。

「總之大家請先去休息。因為如果什麼事情都沒發生的話，明天我們還是會按照原本預定的行程，在一大早出發的。」

大家聽完山森社長的話之後，一個接著一個開始回房了。然而每個人的臉上都清楚地寫著——都已經變成這樣了，怎麼可能什麼事情都沒發生？

「我要留下來。」由於山森社長看起來好像有意把我趕回二樓，所以我直截了當地說：

「倒是山森社長，您應該先去睡覺吧！明天不是還要開船嗎？」

「我哪能睡覺啊？」

他這麼說完之後，在沙發上坐了下來。

2

最後留下來是山森社長、我以及旅館主人森口。

我躺在沙發上等著。有時候睡魔會突然襲來，意識也會跟著離我遠去。可是在下一個瞬間，我又會突然醒過來。當我想要稍微小睡片刻的時候，又會被很討厭的噩夢給弄醒。我只能說是很討厭的夢，因為實際的內容我一點也不記得了。

時間就在這樣的狀態下過去，外面一點一點白了起來。等到客廳的時鐘指針指到五點的時候，我們又出去了。

「冬子！——冬子！——」

站在朝靄之中，我一邊喊著她的名字，一邊前進。四周完全被寂靜給吞噬，我的聲音就像是對著古井喊叫一般彈了回來，不停地空轉。

我感覺到不安開始侵襲胃部了。脈搏變快，讓我反胃了好幾次。而且頭還是一樣痛。

「到旅館後面看看吧！」

山森社長說。旅館的後面就是那個懸崖，我聽出了他的意圖之後，曾在瞬間停下了腳步，但是最後還是不得不去面對。

太陽開始快速升起，晨間的霧氣散去，視野漸漸地開闊起來。此時連樹木的根都可以清楚看見，而我的不安也隨之急速攀升。

昨天晚上看不太清楚，原來懸崖的邊緣有用鐵鍊和木樁做成柵欄圍起來。不過那也不是什麼多有保障的東西，輕輕鬆鬆就可以跨過了。

山森社長跨過柵欄，腳步謹慎地靠近懸崖邊。海浪的聲音傳了上來。我暗自期望他能夠毫無反應地回來。

他什麼話也沒說便往懸崖下方看去，不一會兒之後面無表情地回到我身邊，然後把手放在我的肩膀上，用毫無抑揚頓挫的聲音說：

「先回去吧！」

「回去……山森社長……」

我看著他的臉。他抓著我肩頭的手又施了一點力氣。

「回去！」

一個陰暗而沉重的聲音說道。同時，某種東西突然激烈地在我心頭流竄。

「在懸崖下面有什麼……冬子在下面對吧？」

他沒有回答，直盯著我的眼睛看。就算回答了也是一樣。我從他的手裡逃開，跑向懸崖。

「不要去！」

我將他的聲音遠遠拋在背後，爬過柵欄往下看。藍色的海洋，白色的浪花，黑色的岩壁——這些東西皆在瞬間映入眼簾。

以及倒臥著的冬子。

冬子貼在岩石上，看起來就像是一片小小的花瓣。身體一動也不動，任憑海風吹撫。

我的意識好像被大海吸走了。

「危險！」

有人撐住了我的身體。海和天空翻了一圈，我的腳下也失去了重量……

第八章

孤島殺人事件

1

睜開眼睛之後，我看到了白色的天花板。

奇怪？我的房間是長這個樣子嗎？當我正納悶著的時候，我的記憶才一點一點恢復過來。

「不好意思，她好像醒來了。」

頭上方傳來說話的聲音。我一看，發現志津子小姐站在窗戶旁邊。窗戶是開著的，白色的蕾絲窗簾隨風飄動。

「我想讓空氣流通一下會比較好。需要把窗戶關起來嗎？」

「不用，這樣子就可以了。」

我發出的聲音真是沙啞至極，感覺好慘。

「我好像昏過去了？所以才會被抬到這裡來吧？」

「嗯……」

志津子小姐微微點頭。

「冬子她……死了吧？」

「……」

她低下頭來。問了這麼理所當然的問題，我對她感到抱歉。我也充分了解，那並不是一個夢境了。

眼眶熱了起來，我故意假裝咳嗽，用雙手遮住了臉。

「其他人呢？」

「在樓下的客廳裡。」

「……他們在做些什麼呢？」

「……」志津子小姐好像有點難以啟齒一般垂下眼睛，小聲地回答道：「好像在討論接下來該怎麼辦的樣子。」

「警察呢？」

「派出所那邊派了兩個人去勘查情況。東京方面也有派人過來，不過好像還要再過一陣子才會到。」

「這樣嗎？那我也差不多該過去了。」

當我直起身體的時候，頭又開始痛了起來，身體也跟著搖搖晃晃。志津子發覺我的情況之後，趕緊上前扶著我。

「您還可以嗎？我想還是不要勉強自己比較好。」

「嗯，沒關係。因為我以前沒有昏倒過，所以只是身體還沒習慣而已。」

沒問題，我又說了一次，接著下了床。我感覺腳底好像沒踏在地上似的，不過現在可不是說這些話的時候。

進了浴室之後，我先用冷水洗把臉。鏡子裡自己的臉龐看起來活像是又老了一輪，肌膚毫無生氣，眼眶凹陷。

我把手伸向洗臉臺想要刷牙的時候，碰到了冬子的牙刷——那支不知道看過幾次的白色牙刷。她對牙齒的保健特別介意，所以從來不使用其他牌子的牙刷。

我從那支牙刷聯想到冬子潔白的牙齒，接著在腦海中描繪了她的笑容。

冬子——

我就這麼緊緊抓住她的遺物，在洗臉臺前跪倒在地，體內的熱氣翻騰著。

然後，我哭了。

2

走下樓梯，全部的人都在一瞬間對我行注目禮，然後在下一個瞬間，幾乎所有人都別開了目光。唯一沒有挪開視線的，只有山森社長和由美兩人而已。由美應該是因為聽到腳步聲才將頭轉向我這邊，但是並不知道走過來的人是我。

「還好嗎？」

山森社長向我走了過來。我點了點頭，不過看起來應該非常不明顯吧！

石倉佑介起身，讓出沙發上的位子給我。我對他說了聲「謝謝」之後坐下，這時，沉重的疲勞感再度襲來。

「後來……怎麼樣了呢？」

由於在場的每一個人都刻意看著別的地方，所以我只好無奈地問山森社長。

「森口先生現在正帶著派出所的人到現場去。」

用低沉苦澀的聲音回答的他，總是很鎮定。

「我們的遊艇一定是被人詛咒了啦！」石倉的聲音裡參雜著嘆息，「去年已經碰到那樣子的事故了，這次又是摔下懸崖的意外。我不是在開玩笑，不過看來有驅邪的必要哦！」

「意外？」我重複了一次，「你是說冬子從懸崖墜落是意外嗎？」

我又再一次被大家的臉孔給包圍了。只不過我感覺到這次的視線和剛才好像不太一樣。

「妳覺得不是意外嗎？」

對於山森社長向我丟過來的問題，我明確地點點頭，這個動作裡包含了「這不是廢話嗎」的心情。

「這可是重要的意見哦！」他用更清楚的聲音說：「不是意外的話，就是自殺或他殺了。妳當然不會覺得是自殺吧？」

「沒錯，當然不會。」

我回答完之後，山森夫人馬上搖搖頭說道：

「說什麼蠢話。他殺是什麼意思？你們該不會要說犯人是我們這些人裡面的其中一個吧？」

「嗯，如果真是他殺的話，當然犯人就只能從我們這些人中找了吧！」山森社長的臉上帶著冷靜到令人畏懼的表情說：「現在就斷言那是一起意外，可能的確是言之過早。而且聽說在摔死的狀況下，要辨別是非常困難的。」

「所以啊，我萬萬沒想到你會說得好像犯人就在我們這些人當中一樣！」

山森夫人歇斯底里地說道。塗著紅色口紅的嘴唇，像是自己有生命一樣地蠕動著。

「可以請您說明一下，為什麼您會覺得是他殺嗎？」

用著不輸給山森社長的冷靜口氣說話的人是村山則子。她看起來完全沒有因為突然發生的狀況而顯得狼狽，臉上的妝容也完美得令人無話可說。

「我之所以認為不是單純意外的理由，是覺得就意外來看的話，疑點未免也太多了。在這些疑點尚未釐清之前，我是沒辦法接受意外事故這種說法的。」

「什麼樣的疑問？」

山森社長問道。

「第一，因為懸崖邊緣圍著柵欄。她有什麼必要，非得跨過柵欄站到懸崖邊邊去嗎？」

「說不定是有什麼她自己的理由啊！」回答的是石倉，「她可能想要看清楚懸崖下面吧！」

「那個時間的懸崖下方應該是漆黑一片，什麼都看不到的。還是你的意思是說，她有什麼特別想看的東西嗎？」

「那……」

他話說到一半，便閉上了嘴巴。我繼續說道：

「疑問之二就是她離開旅館這件事情本身。在玄關的地方不是貼著十點以後就會鎖門的告示嗎？假設她有看到那張告示的話，我想她就絕對不會跑出去散什麼步了，因為搞不好會被反鎖在外面。」

「所以，」山森社長開口，「她就是沒有看到貼在玄關的那張紙嘛！因為沒看到，才會離開旅館。」

「山森社長會這麼想，恐怕是因為你不了解她的個性。只要是在深夜外出，她一定會特別確認這些事情的。」

「您這話聽起來有點偏頗。」村山則子用著拚命壓抑情感的聲音說：「不過就算您上述的兩點都正確，也不能說萩尾小姐沒有離開旅館吧？如果那位小姐出去散步的時候還不到十點的話，說不定她是覺得只要在鎖門之前回來就好了呀！」

「沒有，情況好像不是那樣哦！」代替我回答的是山森社長。他對著自己的秘書說：「我問過了，萩尾小姐上床睡覺的時間好像是十點整。然後可能是在中途突然起來還是因為什麼原因離開了房間，所以離開旅館一定是十點以後的事了——對吧？」

「正如你所言。」

我回答。
「可是那位小姐離開旅館是事實吧？她可是在旅館外面死掉的哦！」
夫人的口氣裡隱含著刻薄的味道。我緊緊盯著夫人的臉。
「就算是這樣，我也不覺得她是依照自己的意願離開旅館的。很有可能是受了某個人的邀約之後，她才出去的。把例子舉得極端一點來說的話，她也有可能是在旅館內被殺害之後，才被丟到懸崖下棄屍的啊！」
夫人說了句「怎麼可能」之後，別開了臉。
「原來如此，妳的說法的確也有道理。這麼一來再怎麼談論，恐怕也沒辦法知道真相吧！」山森社長為了化解大家針鋒相對的尷尬氣氛，環視所有的人之後說：「那就請在場的各位說明一下自己昨天晚上的行蹤，大家覺得怎麼樣呢？這樣子的話，應該會稍微離真相近一點吧？」
「就是不在場證明嘛！」石倉的眉間浮上些微的不悅，「感覺還真是不太好。」
「不過關於這一點，我想遲早都是得面對的啊！等到從東京來的調查人員抵達之後，他們一定也會先問我們昨天晚上做了什麼。」
「要當作那個時候的預演嗎？」
石倉嘟了嘟下唇，聳了聳肩。
「大家覺得怎麼樣呢？」

山森社長的目光慢慢地掃過每個人的臉龐。大家一邊觀察著別人的反應，一邊非常消極地表示同意。

我就這樣開始確認所有人的不在場證明了。

3

「我想各位應該都知道，我一直都在地下室的麻將間裡。」

第一個發言的是山森社長。我看大概是因為他有百分之百的自信吧！

「當然像跑跑洗手間這種事是免不了的啦！就時間上來說的話，大概是兩到三分鐘左右——這也不是足夠做什麼壞事的時間。還有就是小弟也一直跟我在一起。不過說到一起的話，森口先生和主廚也是哦！換句話說，就是有人證可以證明我說的話。」

石倉對著他的話猛點頭，好像很滿意似的。

「麻將大概是在什麼時候結束的呢？」

我問完之後，山森社長馬上就回答了。

「十點半左右，就像我昨天晚上跟妳說的一樣。打完麻將之後，大家就在這裡閒聊，聊到十一點左右，妳就下樓來了。」

「不用說，我也是。」

石倉臉上浮現相當樂觀的表情說。

我沉默了一會兒之後，山森社長接著對著自己妻子說道：

「接下來換妳說。」

夫人看起來非常不服氣，不過她還是一句抱怨都沒說，轉過來面對著我。

「從吃完飯到快要十點的這段時間，我都和由美在這裡。後來帶由美回房間，讓她在床上躺好之後，我折回去看看丈夫他們，然後就一直和丈夫他們待在一起了。」

「內人回到我們這邊的時候，剛好是十點整。」山森社長對我說，這正好是我接下來想問的問題。「這點妳可以向森口先生他們確認。」

我點點頭，就順序來看，下一個是坐在夫人旁邊的由美，於是我把視線移到她身上。

「由美就不用了吧！」山森社長注意到我的視線之後說：「妳覺得小女能做什麼嗎？」

他說得確實有道理。所以我再把目光移到金井三郎身上。

「我吃完飯以後，玩了一下射飛鏢。」他開口說：「當時萩尾小姐在隔壁玩彈珠臺，村山小姐和竹本先生也在旁邊打撞球。」

「他說得沒錯。」

村山則子插嘴道，竹本正彥也點了點頭。

「射完飛鏢之後，我都在跟太太和由美說話，直到九點半左右都還在這裡。後來我就回到房間去沖澡，沖完澡之後因為想要到外面吹吹風，所以我就爬到頂樓去了。那個時候，村山小姐和竹本先生也已經先在頂樓了。」
「那個時候大概是幾點呢?」
「我想應該還沒到十點。」
「嗯,是的。」村山則子又從旁插嘴,「還沒有到十點。因為後來志津子小姐也馬上就出現了,她抵達的時間正好是十點左右。」
「請等一下。」我看著金井三郎的臉,「你不是跟志津子小姐出去散步了嗎?」
「散步?」他不解地皺著眉頭,「沒有啊!我並沒有離開旅館。」
「可是,」這次我把目光移到志津子小姐身上,「九點四十分左右,志津子小姐應該有離開旅館吧?我還以為妳一定是跟金井先生一起出去的。」
志津子小姐露出呆呆的表情。可能她對於我知道她出門一事感到相當意外吧!
「冬子剛好在那個時候看到妳了。」
她過了一會兒才對我的說明點點頭。
「那應該是我去找散步道的時候。」志津子小姐像是想起什麼似的說:「因為太太問我這附近有沒有什麼可以讓大小姐走的步道,所以我就去找了。」
「志津子說得沒錯。」夫人說:「因為蟲鳴聲很悅耳,所以我想要讓由美出去散散步。志津子小姐是去幫我確認環境的安危。不過外面太暗了,不太安全,所以我們才打消念頭的。」

「志津子小姐大概出去了多久呢？」

我問道。

「差不多十分鐘左右。」她回答：「之後我就和太太一起送大小姐回房間，然後才上去頂樓的。那個……因為金井先生說他洗完澡之後會上去頂樓，所以……」

志津子小姐的話說到後面的時候有點動搖，那大概是因為她和金井三郎的關係被迫在眾人面前公開的緣故吧！

「說到這裡，我想您應該已經了解事情大概的狀況了吧？」村山則子用著自信滿滿的口吻說：「我和竹本先生在打撞球。打完撞球的時間大概是金井先生回房間的前幾分鐘，也就是九點半之前。然後我就和竹本先生去頂樓聊一些工作上的事情。聊了一下之後，金井先生和春村小姐就來了。」

我帶著確認的表情望向竹本正彥的臉。他像是在說「沒有錯」似的，朝著我點了點頭。

「好啦，這麼一來，大家的行動就很清楚了吧！」山森社長一面摩擦雙手，一面環視著眾人，「看來每個人都各自度過了自己的夜晚。只不過目前唯一知道的，就是大家在十點之後都有不在場證明。然而萩尾小姐離開房間卻是十點以後的事了，所以在場沒有人能夠跟她有所接觸。」

石倉在一瞬間垮下臉來，夫人則是好像贏了什麼東西似的，挺著胸膛高傲地看著我。

我將雙手交叉胸前，低下目光看著自己的腳邊。

不可能——

有人說謊。冬子在三更半夜跑到懸崖邊失足墜落？這實在是教我難以相信。

「妳好像不太能接受呀！」夫人的聲音響起，聽起來混雜著些微的嘲諷意味，「如果妳怎麼都不肯接受的話，那可以對我們說明一下嗎？為什麼非得殺掉那位小姐不可呢？動機？在這種時候是用這個詞吧！」

動機——

雖然我很不甘心，然而這的確是一個很大的疑問。為什麼非得殺掉她不可呢？難道她被捲入了什麼突發事件中嗎？……被捲入？……

對了！我在心裡拍了一下手。她會在半夜離開房間，是不是因為和某件非常重要的事情有關呢？比如說像是……她看到了什麼，然後被看到的那個人拚死也要堵住她的嘴巴——

「怎麼了？快點說說動機是什麼呀妳！」

夫人的用字遣詞依舊尖銳，我則保持沉默。

「不要這樣。」山森社長說：「最親近的朋友突然死掉了的話，任誰都會疑心病很重的。既然大家的不在場證明都有人證相佐，嫌疑也解除了，這樣就夠了吧！」

嫌疑解除？

說什麼鬼話！我在心裡想道，嫌疑什麼的，根本一個都沒解開。對我來說全部的人都是敵人。在我沒看到的地方說有什麼人證相佐、什麼不在場證明，在我看來一點意義也沒有。

我還是低著頭，用力地咬著牙。

4

過了一會兒，旅館主人和派出所的巡警回來了。巡警是個五十歲左右的男人，看起來人很好，而且很明顯地對這起突發事故感到不安。看到我們之後也是一句話都沒問，只窸窸窣窣地和旅館主人低聲說話。

從東京來的調查人員也在他們回來之後沒多久就抵達了。來的是一個胖子和一個瘦皮猴，兩人都是刑警。他們在客廳問了我們事情發生的大概情形之後，先把我單獨叫進了餐廳。

「這麼說來，」胖子刑警用自動鉛筆搔搔頭，「當妳們上床睡覺的時候，萩尾小姐沒有什麼異狀囉？至少在妳看來是這樣嘛！」

「是的。」

嗯，刑警露出一副陷入沉思的表情。

「這是妳第一次和萩尾小姐一起出門旅遊嗎？」

「不，過去我們曾經為了取材，一起出去旅行過兩、三次。」

「那個時候曾經發生過這種事情嗎？就是萩尾小姐有因為半夜睡不著而跑到外面去過嗎？」

「跟我在一起的時候沒有發生過這種事情。」

「換句話說，當萩尾小姐跟妳在一起的時候，都是個會乖乖睡覺的人囉？」

「呃，算是這樣。」

「這樣啊……」刑警摳摳長出鬍子的下顎，看來他還沒有時間刮鬍子吧！「這次的旅遊也是妳邀請她的嗎？」

「是的。」

「如果說是取材之旅的話，聽起來好像是工作的其中一環呀！那萩尾小姐很享受這次的旅遊嗎？」

好個奇妙的問題。我歪了歪頭之後回答道：

「因為她是個習慣到處跑的人，所以應該沒有什麼特別的感受吧！不過我想她應該還是照著她自己的方式去開心玩了。」

這雖然不是什麼明確的回答，但是我也沒辦法。

「妳和萩尾小姐私底下的交情怎麼樣呢？感情很好嗎？」

「嗯。」我清楚地點了一下頭，「我們是很要好的朋友。」

胖子刑警把嘴巴圈成一個圓形，像是在說「哦」，只是沒有發出聲音。接著他瞥了旁邊的瘦皮猴刑警一眼，再把目光轉回我臉上。

「在這次旅遊之前，萩尾小姐有沒有找妳談什麼事呢？」

「談什麼事？您是說哪方面的？」

「不是啦！就是說她有沒有跟妳談什麼個人的煩惱啊之類的事。」

「啊……」我終於看出刑警的意圖了，「您是認為冬子是自殺的嗎？」

「沒有，我沒這麼判定。因為我們的職責就是探究所有的可能性嘛——那麼，怎麼樣？她有找妳談過類似的事嗎？」

「完全沒有，而且她那個人根本沒有什麼煩惱可言，她的工作和私生活都非常充實。」

我說完之後，刑警抓抓頭，嘴唇扭成奇怪的形狀。我覺得他在苦笑，只不過在我面前拚命地忍了下來。

「我知道了。最後想再跟妳確認一下，妳說妳和萩尾小姐就寢的時間是十點左右？」

「是的。」

「妳醒過來的時候是十一點？」

「是的。」

「在這段時間之內妳都處於熟睡狀態，完全沒有醒來嗎？」

「嗯……為什麼要問這些事情呢？」

「沒有啦。沒什麼為什麼，只是啊，在那段時間睡覺的人只有妳一個，所以……」

「……」

我不明白刑警這番話的意思，於是一瞬間語塞。不過我馬上就恍然大悟了。

「你在懷疑我嗎？」

我說完之後，刑警像是受了什麼驚嚇似的急忙揮著手。

「我沒有在懷疑妳啦！還是……妳有什麼該被懷疑的理由嗎？」

「……」

這次的沉默是因為我完全不想回答。我瞪著刑警的臉，從椅子上站了起來。

「問完了嗎？」

「啊，問完了。謝謝妳的配合。」

我留下還沒說完話的刑警，走出了餐廳。大概是因為生氣的關係吧！我心裡的悲傷不知道跑到哪裡去了。

之後，另外兩個不同的調查人員來到我們的房間，說要確認冬子的行李。雖然他們對於自己的目的一聲也沒吭，不過我在觀察他們的樣子以後，發現他們好像在期待能夠搜出遺書來。

當然，這兩個人沒有找到他們要的東西。他們臉上露出非常明顯的失望神色。

過沒多久，胖子刑警也出現了，這次是說要我來幫忙確認。不用說，就是確定冬子的遺物。

「可以請教您一下剛才我忘了問的事情嗎？」在前往餐廳的途中，我對胖子刑警說道。

「可以呀！妳想問什麼？」

「第一個是死因。」我說：「冬子的死因是什麼？」

刑警思考了一下子之後回答：「簡單說來是全身劇烈撞擊。那是岩壁對吧？所以完全沒有緩衝的地方。不過死者的後腦勺上有一個很大的凹陷，我想那就是致命傷。可能是當場死亡。」

「沒有任何打鬥的跡象嗎？」

「目前還在調查，不過應該是沒有很明顯的打鬥跡象。還有什麼別的問題嗎？」

「不，暫時沒有了。」

「那接下來就就麻煩妳協助我們了。」

刑警推著我的背，於是我再次進入了餐廳，看見瘦皮猴刑警站在一張桌子旁邊。那張桌子上放著很眼熟的皮夾和手帕。

「這應該是萩尾小姐的東西吧？」

胖子刑警開口問我。我把這些東西一個一個拿起來檢查，是她的東西沒有錯。空氣中飄盪著她最後擦的香水味，讓我的淚水幾乎要奪眶而出。

「確認一下皮夾裡面的東西吧！」

胖子刑警從冬子最喜歡的 Celine 皮夾裡掏出裝在裡面的東西：提款卡、信用卡，以及現金六萬四千四百二十日圓——

我無力地搖搖頭。

「我沒有辦法判斷皮夾裡面裝的東西有沒有異狀。」

「嗯，這也是啦！」

刑警將卡片和現金放回皮夾裡。

走出餐廳之後，我去了客廳，發現山森社長和村山則子坐在沙發上說話。看到我之後，山森社長舉起一隻手，村山則子則沒讓我看見她的反應。

「看來今天要回東京是不太可能了。」

山森社長的表情看起來相當疲憊。他前面的菸灰缸裡有大量的菸屁股，堆成了像夢幻島一樣的形狀。

「那是明天早上才要回去嗎？」我問。

「嗯，可能會是那樣吧！」

這麼說完之後，他又把香菸放進了嘴裡。

原本打算就這麼直接上去二樓的我，突然間想起一件事之後便折返了。昨晚讓我的好朋友瘋狂沉迷的彈珠臺，靜悄悄地放在客廳的一隅。

正面的面板上畫著一個穿著低胸洋裝的女人手拿著麥克風載歌載舞的圖像，女人的旁邊有個戴著禮帽的中年男子，那個男人的胸口處是顯示得分的地方。三萬七千五百八十分——這大概是冬子最後的分數吧？

最後？

某個東西用力地敲打著我的胸口。

——打完彈珠啦？

——嗯，沒辦法，零錢都用光光了。

冬子的遺物——提款卡、信用卡、六萬四千四百二十日圓。

……四百二十日圓？

這不是零錢嗎？我想。那為什麼那時她會那麼說呢？因為沒有零錢了，所以不能再繼續玩……

是不是有其他的理由出現，讓冬子不得不停止彈珠遊戲呢？而那個理由是不能讓我知道的嗎？——

5

再度看到所有參加遊艇旅行的人，是比昨天提早了很多的晚餐時分。昨晚的菜單是以豪華新鮮的生魚片為主，然而今天的餐點卻讓人直接聯想到家庭餐館——肉排、生菜沙拉、湯，以及盛裝在盤子裡的白飯。看來冷凍食品和罐頭全都出動了。

要是用餐氣氛熱鬧一點的話，其實這樣子的菜色還是會讓人吃得很開心的。可是在座的人幾乎沒有一個開口說話，唯一聽到的就是刀叉碰撞餐盤的聲音，讓餐廳裡的空氣更顯沉重，活像是在接受什麼嚴刑拷問似的。

我留下吃剩的半塊肉排和超過三分之二的白飯在餐桌上，便起身離席，往客廳走去。旅館主人森口一臉倦容在那兒看著報紙。

森口注意到我之後放下報紙，用左手揉著右邊的肩膀。

「今天真的是讓人累壞了。」

旅館主人說。

「是呀！」

「我也被警察告誡了一大堆事情哦！什麼旅館周圍的燈光太暗了啦，還有懸崖那邊的柵欄不夠安全的。他們可是徹底地讓我清楚知道『等事情發生就太遲了』這個道理呢！」

我完全找不到任何一句可以安慰他的話，只好保持沉默，走到他對面坐了下來。

「我真是做夢也想不到竟然會發生這種事情。」不知道是不是因為我沒接話的關係，他就變成在自言自語一樣說：「早知道會發生這種事情，就不該打什麼麻將了。」

「森口先生昨天晚上除了離開座位去替玄關上鎖之外，就一直待在地下室的麻將間嗎？」

面對我的提問，他像是虛脫一般點了點頭。

「其實我幾乎不會這樣的，昨天真的拖太久了。只要是山森先生主動邀約的牌局，可是很難拒絕的呢！」

「您的意思是說，是山森社長主動說要打麻將的嗎？」

「嗯，所以我才會也找了主廚呀！」

「這樣啊……」有點奇怪，我想。雖然說真要懷疑起來就會沒完沒了，不過利用森口當作不在場證明的證人這點，也不是沒有可能。「那麼您就是一直都和山森社長他們在一起囉？」

「是的，連打完麻將之後，我們也是一起待在這個客廳裡。這個過程妳也確實看到了吧？」

「是的。」

如果森口說的都是真話，那麼要去懷疑山森社長果然還是說不過去。我向森口點頭答禮之後，起身離開了客廳。

回到房間之後，我坐在書桌前，開始整理所有人昨天晚上的行動。冬子絕對不是意外死亡，也不是自殺，所以我只能從「某個人說了謊」這點切入了。

整理以後的結果如下。

山森卓也、石倉佑介、森口和主廚——飯後一直待在麻將間。只有森口一個人在十點十五分的時候為了鎖門而離席。十點半，全員都到了客廳。

山森夫人、由美——十點以前都在客廳。之後回房間，由美一個人單獨就寢之後，夫人去了麻將間，和山森社長他們碰頭，時間是十點左右。

竹本正彥、村山則子——離九點半前幾分鐘的時候都在客廳。之後上了頂樓。

金井三郎——九點半左右以前在客廳。接著回到房間沖了澡之後去頂樓。這大概是十點前幾分鐘，然後他和竹本、村山會合。

春村志津子——九點四十分以前在客廳。受夫人之託到外面觀察路況，回來之後和夫人一起帶著由美回房間，自己一個人上了頂樓。那個時候好像剛好是十點左右，和竹本、村山、金井一行人碰頭。

重新審視這個結果之後，我發現一個非常奇妙的現象。這個現象就是：所有人都像是事前說好了似的，十點一到就全都聚在一起。聚集的地點分為兩個，一個是麻將間，另一

奇怪。

個是頂樓。

而且不管哪一邊，都有最適合證明不在場證明真偽的第三者混在裡面。麻將間那邊是森口和主廚，頂樓那邊則是竹本正彥。

我無法將這個狀況視為巧合。在我看來，這一切必定是某種精心策劃的詭計所顯示出的結果。

問題就是這裡頭究竟藏了什麼樣的詭計。

然而身為一個推理小說作家，我卻對於這個詭計毫無頭緒。

冬子，幫幫我吧——

我對著空無一人的床鋪喃喃低語著。

6

隔天一大早，我們從Y島出發了。和來的時候一樣，是個相當適合遊艇出遊、風平浪靜的好天氣。

不同的是大家的表情和船行進的速度。山森社長很明顯地在著急，感覺好像駕著船全心全意地朝著東京駛去似的。我只覺得這是他想要盡早遠離Y島的表現。

乘客們全都沉默著。

在來的時候被途中景色深深吸引的人，也全都待在客艙裡，幾乎沒有出來過。倒是竹本正彥的身影偶爾還會出現，只不過那張臉上同樣寫滿了憂鬱。

我坐在遊艇後方的甲板上，繼續思考著昨晚的詭計問題。靈感依舊還沒出現，而且好像也沒有要出現的樣子。

「小心一點哦！」

背後傳來一陣說話聲，我回頭一看，發現山森夫人牽著由美的手上來了。由美頭上戴著一頂帽緣很寬的草帽。

「怎麼了？」

山森社長從駕駛室裡對兩個人說。

「由美說想聽聽海浪的聲音，所以……」

夫人回答道。

「哦！不錯嘛，如果坐在椅子上的話就很安全啦！」

「我也是這麼覺得，可是……」

「看她高興怎麼樣就依著她吧！」

可是夫人好像還是猶豫了一下，最後她讓由美在我旁邊的椅子上坐下。雖然夫人什麼話都沒說，不過她大概覺得如果有我在旁邊的話，應該就沒什麼問題吧！當然我自己也打算小心一點。

「那不要隨便站起來哦！身體不舒服的話，一定要告訴爸爸。」
「是的，媽媽。但是我沒問題的啦！」
可能是女兒的回答讓她稍微安心了吧！夫人什麼也沒說就下去了。
短暫的時間，我們兩人都一直沉默著。我本來還在想由美是不是不知道我在她旁邊，不過事實並非如此。證據就是她主動開口對我說話了。
「妳喜歡海嗎？」
霎時，我還無法意會這個問題是向著我來的。可是周圍除了我之外應該也沒有別的人了，於是我遲了一會兒之後回答道：
「嗯，喜歡。」
「海很漂亮吧？」
「是呀！」我說：「雖然有人說日本的海很髒，不過還是很漂亮哦！但還是要看當下的心情啦！也有很多時候會覺得很恐怖。」
「恐怖？」
「沒錯。比方說去年的意外發生的時候，妳也曾經覺得很恐怖吧？」
「……嗯。」
她低下頭，雙手的指尖交叉。我們之間的對話在此暫停了一會兒。
「那個……」她的嘴巴又不太順暢地動了，「萩尾小姐……好可憐哦！」

我看著她蒼白的側臉。因為我總感覺到從她嘴裡吐出這樣子的臺詞，有點不太自然。

「由美，」我一邊注意著山森社長的方向，一邊小聲對她說：「妳是不是有什麼話想跟我說呢？」

「咦……」

「對吧？」

短暫的沉默。接著她做了一次緩慢的深呼吸。

「我不知道要跟誰說才好……而且也沒有人來問我。」

原來如此，我暗自咒罵自己的愚蠢。我果然還是應該來問問看這個看不見的少女才對。

「妳知道什麼對吧？」

我問道。

「不是，應該還算不上是知道什麼。」

少女就算一邊在說，一邊還是好像在猶豫著什麼似的。我莫名地覺得自己似乎能夠了解她的心情。

「沒關係，不管妳說了什麼我都不會大驚小怪，也不會說是妳告訴我的。」

由美輕輕地點了頭，表情看起來稍微安心了一點。

「真的……可能不是什麼大不了的事情。」她像是要再次確認一般說：「只不過是我記得的事情跟大家說的有一點點不一樣，所以我有些在意。」

「我想聽聽看。」

我向她靠近。餘光瞥向山森社長那邊，不過他依舊沉默地掌著舵。

「其實是……志津子離開旅館之後的事。」

「等一下，妳說的志津子小姐離開旅館的時候，就是她去勘查妳能不能在那個步道散步的時候嗎？」

「是的。」

「在那之後發生了什麼事情嗎？」

「嗯……在那之後，門開了兩次。」

「兩次？門？」

「玄關的門。雖然幾乎沒有發出聲音，可是因為風有吹進來，所以我知道。就是兩次沒錯。」

「暫停一下。」我拚了命地整理腦袋裡面裝的東西。我不太懂她話裡的意思，「這個意思是，除了志津子小姐出去那次之外，門還開了兩次嗎？」

「是的。」

「那在這兩次之中，有一次是志津子小姐回來的時候嗎？」

「不是的。志津子小姐出去之後，玄關的門開了兩次，之後志津子小姐才回來的。」

「……」

這麼一來，就有兩條線可以想。一是某個人出去又回來了，二是有兩個人相繼離開了旅館。

「那個時候由美的媽媽在由美身邊吧？這樣媽媽應該知道是誰打開了門囉！」

「不，那個……」

由美語塞了。

「不是嗎？」

「……那個時候，我想媽媽大概不在我身邊。」

「不在妳身邊？」

「是媽媽去洗手間的時候發生的事。」

「哦，原來如此啊！」

「媽媽不在的時候，玄關的門開了兩次。」

「這樣……」

我知道她所說的「自己記得的事情跟大家說的事情不一樣」的涵義了。綜合大家的說法的話，離開旅館的人只有志津子小姐一個，哪怕她只離開一步也好。難怪和由美的印象不同。

「那兩次的間隔大約是多久呢？感覺只有幾秒鐘嗎？」

「不，」她微微偏了偏頭，「我記得應該是聽了投幣式點唱機裡的歌聽了一半左右的時間。」

也就是說，隔了一到兩分鐘嗎？……

「那兩次有沒有什麼不同呢？比方說開門力道的差別等等。」

對於我的問題，她皺起了眉頭思索著。我知道自己問了有點過分的問題——任誰都不會對門打開的狀況有興趣的。可是當我正想說「沒關係，不用想了」的時候，她抬起頭。

「這麼說來，我記得第二次門打開的時候，有些微的香菸臭味。第一次開門的時候，沒有那種味道。」

「香菸的臭味……」我握著由美纖細的手，這好像讓她的身體有點緊繃。「我知道了，謝謝妳告訴我。」

「有幫助嗎？」

「現在還不能明白地說，不過我想應該是有非常大的幫助哦！但是這些事情，希望妳不要跟別人說。」

「我曉得了。」

少女輕輕點頭。

我重新在椅子上坐好，將視線移回一望無際的大海。從遊艇後方滑出的白色泡泡擴散成扇形，不一會兒便消失在海裡。我一邊看著這個畫面，一邊在腦海中不停地反覆思考由美的話。

玄關的門開合了兩次——

那不是某一個人打開門到了外面去之後，又折回來。就像由美的證詞所言，第一個出去的不是好抽菸的人，而第二個出去的則是會抽菸的人。這兩個人在志津子小姐之後離開了旅館。而且這兩個人還是在志津子小姐之後回到旅館的。

那麼，是誰和誰呢？

每個人的話開始在我腦海中旋轉了起來。

遊艇在太陽高掛天空的時候靠岸了。從昨天開始臉上就一直帶著倦容的人們，在踏上本州的土地之後，全都鬆了口氣。

「那個……我就先告辭了。」

拿了行李之後，我對山森社長說道。他的表情看起來好像很意外。

「我們的車子就停在這裡。如果妳有時間的話，不如和我們一起到市中心去吧？」

「不了，我還要去別的地方辦點事情。」

「是嗎？如果是這樣的話，我就不勉強妳了。」

「真是不好意思。」

接著我去向其他人打招呼。大家的應答都客套得令人生疑，也讓我覺得在知道我要先行離去後，大家心上的石頭好像都落了地。

「那我就先走了。」

對大家輕輕點了頭之後，我從他們身邊離開了。雖然我一次也沒回頭，不過卻隱隱約約察覺到他們投射在我背上的是什麼樣的視線。

當然，說有事是騙人的。我只是想要快點和他們分開罷了。

透過由美說的話，我終於得到了一個結論。當這個結論還藏在我心中的時候，我連一秒都沒有辦法和他們待在一起。

這實在是一個太可怕，也太悲哀的結論。

第九章

什麼也沒發生

1

從海邊回來過了一週之後的那個星期三，我去冬子家替她整理東西。雖然對我來說已經算是起得非常早了，不過當我到的時候，她的姊姊和姊夫早已經在家裡，開著吸塵器開始打掃了。我在喪禮上曾經和這對夫婦交談過。兩個人都傷心地歪著頭，對於這種意外為什麼會發生在冬子身上感到不解。不用說，我自己也沒辦法好好對他們解釋。

「如果妳有什麼想要的東西的話，請說沒關係。」

冬子的姊姊一邊將餐具收到紙箱裡，一邊說道。我之前也聽過和這句話非常類似的臺詞——在打掃川津雅之的房間的時候。我那個時候把他用舊了的行程表帶回家了，然後在那裡頭發現了山森這個名字，我也開始了一連串的追查。

「好像有很多書的樣子，裡頭有妳需要的嗎？」

在整理書架的冬子的姊夫對我說。他的身材微胖，還有著一雙非常溫柔的眼睛，讓我聯想到繪本裡的大象。

「不用，沒關係。我要的書都已經向她借過了。」

「這樣嗎？」

姊夫重新開始了將書本裝箱的作業。

雖然我對這對夫婦這麼回答，但是這並不代表我對冬子的東西完全沒興趣。要說我今天來這裡的目的，其實就是為了確認她的所有物也不為過。我是為了尋找某個物件，某個打開事件謎團的重要「鑰匙」而來的。

然而，這並不是什麼能和眼前這兩個人分享的事。再怎麼說，我也不敢確定那個物件是不是真的在這個家裡。

冬子的姊姊整理餐具、姊夫整理書籍的時候，我則在整理衣櫥。非常適合穿套裝的她，擁有的衣服數量還真是令人咋舌。

當我這邊的整理告一段落之後，我們便小憩片刻。冬子的姊姊替大家泡了紅茶。

「你們和冬子好像很少見面的樣子。」

我向他們兩人問道。

「嗯，因為妹妹好像總是很忙。」

冬子的姊姊回答了。

「那最後一次見面大概是什麼時候呢？」

「嗯……今年過年的時候吧！她只來露個臉向大家拜年。」

「每年都是這個樣子嗎？」

「嗯，最近都是這樣。」

「我的雙親也都不在了，所以家裡的人其實不太在意這種事情了吧！」

冬子姊夫的話裡隱約帶著一點自我辯護的意味。

「冬子和親戚們的往來狀況如何呢？在喪禮的時候，我好像看到了幾個親戚那邊的人。」

「不怎麼好。」冬子的姊姊說：「應該可說是幾乎沒有交集吧！冬子開始工作的時候，他們老是很頻繁地跟她說些相親的事情。那孩子因為討厭這樣，所以好像就不再出席親戚們聚集的場合了。」

「冬子有男朋友嗎？」

「不知道耶！有嗎……」她和丈夫對看之後搖搖頭，「當她拒絕相親的時候，用的理由都是『現在我沉迷在工作裡』呀！我們還想問問妳呢！那孩子有表現出『我身邊出現了不錯的男人』的樣子嗎？」

有嗎？她看著我。我漾起客套的笑容，輕輕地搖了搖頭。

「完全沒有。」

冬子的姊姊露出一臉「果然如此」的樣子點點頭。

接著我們東聊西聊了一會兒之後，再次開始整理的工作。由於衣櫥那邊已經整理完畢了，我便開始整理壁櫥。壁櫥裡頭收納著取暖設備和冬天的衣服、網球拍，以及滑雪靴。

拿出小型電暖爐之後，我發覺裡頭還放了一個小箱子——一個木製的珠寶箱。不過對於收藏真正的珠寶來說，這個箱子又顯得太幼稚了。好像是國中還是高中的時候，冬子在學校美術課上自己拿著雕刻刀刻出來的代用品。

我伸手拿出那個箱子之後，試著把蓋子打開。但是不知道是因為發條沒上，還是器材生鏽了，應該鑲嵌在內部的機心竟然沒有發出音樂聲。

取而代之引起我注意的，是放在裡頭的一團紙。珠寶箱裡完全沒有放置任何首飾類的東西，只有這個完全貼近珠寶箱內部大小的紙團。

我有某種預感。

「咦，那是什麼呀？」

這個時候正巧來到我身邊的，是冬子的姊姊。她看著我的手。「好像吸油面紙哦！是什麼東西要包裹得這麼密不通風啊？」

「不知道耶……」

我一面壓抑著急的情緒，一面慢慢地打開了紙團。從紙團中出現的，正是我要找的東西。

「哇，那個孩子這麼寶貝這種東西呀！」

冬子的姊姊心平氣和地說道。我表面上也故作平靜，心裡則是完全相反。

「請問一下，這個可以給我嗎？」

對於我的要求，冬子的姊姊感到有些驚訝。
「這個？反正要什麼都可以拿走，為什麼不挑一些更好的東西呢？」
「不用了，這個就好。可以給我嗎？」
「可以啊！沒關係。可是妳為什麼要這種東西……」
「這個就好了。」我回答：「冬子大概也是希望我能把這個東西帶走的。」

2

八月已經要結束了——

我在名古屋車站，剛從「HIKARU號」下車。

看了時鐘，確認一下現在的時間離約定時刻還綽綽有餘之後，我邁出步伐，打算從這裡搭乘地鐵。我一邊看著頭頂上的指示標誌一邊走著，沒想到新幹線的搭車處離地鐵還得步行一大段距離。

地鐵人潮眾多。地鐵站這種地方，好像不管走到哪裡都很擁擠。電車經過了我完全不知道名字的車站。我單手抓著便條紙，側耳傾聽電車裡的廣播聲。

到達目的地的車站之後，我攔了輛計程車。雖然這裡也有公車，不過還是搭乘計程車比較快，而且目的地也比較好形容。的確，在陌生的地方搭乘公車，是會令我感到不安的。

計程車行駛了約莫五分鐘之後停了下來。我爬上了一個很陡的斜坡之後，來到了一個比周圍高出很多的區域。旁邊緊鄰著群山，正前方蓋著一棟讓人聯想到武術家宅邸的豪宅。話雖這麼說，不過這棟房子倒也不是單純的老舊而已。仔細看的話，還會發現有一些地方已經細心地修復過了。

就是這家了吧！我馬上這麼覺得。看了門牌之後，我確定了自己的判斷無誤。我深深地吸了一口氣，按下門牌下方的對講機按鈕。

「是！」

我聽到的是一個十分年長的聲音，和在電話裡面聽到的並不一樣。可能是清潔婦還是什麼人吧！

我報上姓名，告訴對方我是從東京來的。在對方說完「請稍候一下」之後沒多久，玄關那兒就傳來了開門聲。

出現的是一個五十歲左右的女性。她圍著圍裙，給人一種個子很矮小的印象。她帶著我進入宅邸。

我穿過了一個天花板高得嚇死人的客廳，裡頭放著年代久遠的沙發，以及感覺起來更加古老的桌子。牆壁上掛著某個我不認識的老爺爺肖像。我想他大概是帶領這個家成功的人物吧！

在我把腳尖伸進長毛地毯裡玩的時候，剛才的清潔婦出現，放下冰咖啡。不知怎麼的，她看起來很緊張，可能她已經知道我是為了什麼而來這裡的也說不定。

對他們來說，我應該確實是個重要的客人。

等了差不多五分鐘之後，客廳的門打開，一位穿著紫色衣服、身材和臉型都相當纖瘦的女性現身了。雖然她看起來與剛才那位清潔婦的年齡差距不大，但是表情和態度則是大大不同。我馬上就知道，這位夫人就是與我通過電話的那個人。

夫人在我對面坐了下來，雙手交疊在膝蓋上。

「我的女兒在哪裡？」

這是她的第一句話。

「我現在沒有辦法馬上回答您。」我回答道。夫人的眉頭好像抽動了一下。「如同我在電話裡向您報告的，令千金和某個事件有所牽連。」

婦人凝視著我的臉，沒有說話。於是我繼續說下去。

「在那個事件解決之前，我無法將令千金的行蹤告訴您。」

「那個所謂的事件，要到什麼時候才能解決呢？」

我稍微思考了一下之後，回答：

「很快。很快就會解決了。為此，您必須告訴我一些關於令千金的事情。」

婦人沉默了一會兒之後，臉上露出像是想起了什麼似的表情。

「妳有把我女兒的照片帶來嗎？我應該在電話裡頭跟妳提過了。」

「我帶來了，不過不是拍得很好就是了。」

我從皮包裡拿出照片，放在婦人面前。她伸手拿起照片，硬生生地吞了口口水，接著用力地點了一次頭，再把照片放回桌上。

「看來沒有搞錯呢！」她說：「沒錯，這就是我的女兒——雖然好像變瘦了一點。」

「她好像吃了很多苦的樣子。」我說。

「我想問妳一件事。」婦人轉變語氣說道，我看著她的臉。「妳說的『事件』究竟是怎麼一回事？我完全不知道。」

我低下頭，不知道該如何說明才是。但我並不是完全沒想過這個問題，而且也早已準備好應對的答案了。

我抬起頭，和婦人四目交接。這個時候可不能移開目光。

「其實是……殺人事件。」

「……」

「令千金和殺人事件有所牽連。」

就這樣，又過了一點時間。

3

從名古屋搭乘新幹線抵達東京站的時候，大約是晚上九點過一些了。我歸心似箭，只想早一點回家，不過卻不能那麼做。因為我從名古屋打了電話和某個人約好，要在今天晚上見面。

約定的時間是十點。

我走進東京車站附近的咖啡廳，囫圇吞了不知為何有點乾的三明治，還有咖啡，一邊打發時間，一邊反覆思索著到目前為止發生過的事情。

我十分確定自己已經抓到某個和真相接近的東西了。不過，當然還是無法解決所有的事。正確的說法是，某個最重要的部分剝離了。我有一種感覺——那應該不是光靠推理就能解開的問題。推理是有極限的，更何況我也不是什麼擁有超能力的人。

我將咖啡續杯，一邊眺望著窗外的景致，一邊站了起來。夜幕低垂，一股難以言表的悲傷同時襲來。

我在十點前幾分鐘到達了山森運動廣場的前面。抬頭一看，建築物玻璃窗上所有的燈光幾乎都熄滅了，留下的只有二樓的一部分。我發覺那裡正是健身中心。

在大樓前面等了五、六分鐘後，時間剛好到了十點整。我推了推正門旁邊寫著「員工出入口」的玻璃門，結果玻璃門輕易地被推開了。一樓只有安全燈亮著，電梯好像也還可以使用，不過我還是選擇了爬樓梯。

健身中心空蕩蕩的，各式各樣的設備在沒有被人使用時整齊排列在一起的樣子，令我聯想到某種工廠。實際上恐怕也沒有太大的差別吧！我一路上淨想著這些和正事毫無關係的事情。

和我約好了要見面的那個人，坐在窗戶旁邊的椅子上看著一本文庫版的書。等到發現我走近的動靜之後，對方抬起頭來。

「我等您好久了。」

她說道，唇上泛起一如以往的微笑。

「晚安，志津子小姐。」我說：「還是……稱呼妳『古澤靖子小姐』比較好呢？」

我感覺她的微笑在一瞬間凍結了。不過那真的也只是一瞬間的事，之後她馬上又恢復原本的表情搖搖頭。

「不，叫我春村志津子就可以了。」志津子小姐說：「因為這個才是本名。您知道嘛？」

「嗯。」

「那麼……」

她這麼說著，示意我坐下。我便在椅子上坐了下來。

「我今天去了名古屋一趟哦。」

我說完之後，她低下眼睛，好像做了一個用力捏緊文庫本的動作。

「我有想到您可能那麼做了——在您今天打電話給我的時候。」

「為什麼？」

「我也不知道……就是有這種感覺。」

「是嗎？」

我也在不知不覺中垂下了眼睛。我不曉得該用什麼方式切入一個未知的話題。

「請問一下……妳為什麼會知道我老家的事情呢？」

她問道。我突然有種被拯救的感覺。

「因為我打算調查妳的事情呀！」我說，抬起眼睛一看，她臉上的笑容已經蕩然無存，

「不過沒那麼容易了解呢，在這裡連戶籍都沒有登記。」

「是的。從書面資料上來看，我應該還住在名古屋的老家。」

「是呀！因為不想要勞師動眾地調查妳的事，我可是費了相當大的苦心呢！」

「是哦……」

她平靜地說道。

「說實話，我是從金井三郎先生這條線開始追的。找他的履歷還真是出乎我意料地簡

單。調查了戶籍之後，我去了他的老家，在那裡有人告訴我好幾個他學生時代朋友的名字，我就試著去找那些人詢問。我的問題只有一個，就是他們有沒有聽過古澤靖子或是春村志津子這兩個名字。這雖然只是我的直覺，不過我想妳和金井三郎先生應該是從學生時代就開始交往了。」

「然後有人記得我的名字，是嗎？」

「有一個人記得。」我說：「是和金井先生在同一個研究會的人。那個人說在大學四年級校慶的時候，金井先生帶了一個女朋友來。在自我介紹的時候，金井先生說那個女生是春村興產董事長的女兒，活活嚇了他一大跳。」

「……然後妳就知道我的老家了。」

「老實說，那個時候我還真覺得自己非常走運呢！因為我想就算有人記得妳的事，也不見得會連妳老家的事情都清楚。可是知道如果是春村興產董事長宅邸的話，剩下的只要有電話簿就綽綽有餘了。」

「然後妳就打電話到老家去了。」

「嗯。」

「家母應該嚇了一跳吧？」

「……是啊！」

的確，春村社長夫人十分驚訝。當我對她說，想要和她談一下她女兒的事情時，她用責備似的口氣問我：志津子在哪裡？

——令千金果然是離家出走的嗎？

面對夫人的問題，我這麼反問道。然而我卻沒有得到這個問題的答案，取而代之的是以下的逼問。

——妳到底是誰？如果知道志津子在哪裡的話，請快點告訴我。

——因為某個緣故，我現在無法告訴您。不過我保證不久後一定會讓您知道的。您可以先告訴我令千金離家出走的原因嗎？

——這種事情沒道理告訴一個看都沒看過的人吧！而且妳也不一定真的知道志津子現在在哪裡。

看來志津子小姐的母親的疑心病非常重。在無計可施之下，我只好這麼說。

——其實是志津子小姐現在扯上某個事件了。為了解決這個事件，我非得知道志津子小姐的事情不可。

「事件」這個詞好像十分有用。我本來還想著大概又會再次被拒絕的，但是夫人卻承諾說只要我能夠直接去和她見面，她就把事情告訴我。

「然後妳今天就去了名古屋是嗎？」志津子小姐問我，我點點頭。「這麼一來，妳就從媽媽那裡問出為什麼我會離家出走了吧？」

「沒錯。」

這次換成志津子小姐點了點頭。

——從前年到去年為止，我們讓志津子到美國去留學，目的是要讓她習慣外國生活。

夫人用平淡的口吻開始敘述。

——其實那個時候，我們一直在和某個保險公司董事長的外甥談結婚的事。因為那個人之後也要到紐約的分公司去，所以我們先讓志津子過去，調適一下。

——但是志津子小姐本人並不知道這件事，而且也已經有喜歡的人了吧？

我的話讓夫人臉上浮起一陣痛苦。

——我們應該再多討論一下的，可是我丈夫和女兒都沒打算聽對方的想法。結果弄到最後，志津子就離家出走了。

——你們有去找她嗎？

——找了。但是因為考慮到輿論壓力，我們並沒有驚動警察。現在我們對外的說法都是那個孩子還在國外。

「把妳帶出來的是金井三郎先生吧？」

我問完之後，志津子回答道：

「是的。」

「然後你們兩個人就這麼跑來東京了——在沒有可以投靠的人的情況下。」

「不，我們有可以投靠的人。」她用緩慢的動作將文庫本捲起來又攤開，「我在美國時認識的一個日本人，當時在東京。我們就是去找他。」

「那個日本人就是竹本幸裕先生吧？」

「……是的。」我注意到她握著文庫本的手開始用力。「是竹本先生把三郎介紹給山森社長，讓他在這裡工作的。那大概是在去年年初的時候。」

「那個時候妳還沒有在這裡工作嗎？」

「嗯。」

「住的地方呢？」

「那也是得到竹本先生的幫忙。他的朋友到海外去，所以房子就租給我們住了。」

「難不成那間房子的主人就是……」

「是的。」志津子小姐輕輕地閉上眼睛，「就是那個名叫古澤靖子的人。在非用到確實的身分證明不可的一些時候，我就使用古澤小姐留下來的健保卡。在遭遇事故要錄口供的時候，我也是用她的名字。因為如果說了本名的話，老家的人就會知道了……」

原來是這樣子啊！

「妳之所以會參加遊艇旅遊，是因為三郎先生的邀約嗎？」

「是的。自從到了東京以後，我就一直關在家裡，有點消沉，於是三郎便以轉換心情為由，建議我參加。再加上竹本先生也要去，這麼一來更讓我覺得有所依靠，也比較安心了。」

「原來如此。」我了解地點點頭，「在主角們就這麼到齊了之後，事故便發生了。」

她沉默地看著自己的手出神。相反的，我則抬起視線。一隻飛蛾在螢光燈的所在之處盤旋飛舞著。

「我有件事情想要請教妳。」不久之後她開口說：「為什麼妳會認為我很可疑呢？」

我看著她，她也回看著我的眼睛。過了一段漫長得令人害怕的時間。

「看來談話的順序顛倒了呢！」我嘆了一口氣，「我應該要早一點說結論才是，可是我很害怕。」

她微微露出了笑容。

我繼續說道：

「犯人是……冬子吧？」

令人窒息的陰暗沉默襲來。

「川津先生、新里小姐和坂上先生，全部都是冬子殺害的吧？」

我重複道。悲傷不知從何處急速翻湧沸騰起來，連我的耳朵末端都發燙了。

「是的，」志津子小姐靜靜地回答：「然後那個人是被我們殺掉的。」

4

「解決事件的關鍵是由美說的話。」

我在從Y島回來的時候，從她那裡聽來的話——也就是那個在志津子小姐出去之後，玄關響起兩次開門聲的事。

「是嗎？」志津子小姐露出了很意外，但是又好像在某方面萬念俱灰的眼神。「我還想著由美小姐眼睛看不見，應該不會注意到的……果然做這種事情，還是會在某個地方露出破綻啊！」

「我試著思考了一下跟在妳後面離開旅館的人。」我說：「根據由美所言，第一次開門的時候沒有，但是在第二次開門的時候，她聞到了菸味。也就是說第一個出去的是個不抽菸的人，而第二個則是會抽菸的人。先說會抽菸的人好了——山森社長、石倉先生和金井先生。其中很清楚的是山森社長和石倉先生在麻將間裡，撇除他們兩人之後，剩下的就只有金井三郎先生了。」

志津子小姐沉默著，我將她的沉默視為一種回答。

「問題是沒有抽菸的人。每個人都一定和另外一個人在一起，應該是沒有偷偷跑走的機會才是。那麼難道是有人做了偽證嗎？我一一確認了大家的供詞。當中有某個人的證詞讓我有點介意，懷疑起它的真實性。」

志津子小姐依舊緊閉嘴唇，好似想要看清來龍去脈一般，目光始終放在我的臉上。

「那個證詞，就是我自己的證詞。」我一邊慢慢地消化腦袋裡的東西，一邊說：「和冬子一起躺上床的時候是十點左右──我一直對這句話深信不疑。但是其實根本沒有什麼值得相信的證據。能夠確定的只有我上床的時候，看見鬧鐘指針指著十點而已呀！」

志津子小姐思考起我這番話的意思，沒多久她好像想到了什麼似的倒抽了一口氣。

「冬子小姐在那個鬧鐘上動了手腳吧？」

我點點頭。

「我發覺有這個可能性。因為我平常不戴手錶，所以知道時間的唯一方法就是房間裡的鬧鐘。只要把那個鬧鐘調快一點或是調慢一點，就可以輕易混淆我對時間的感覺了。而且冬子也有對那個鬧鐘動手腳的機會。她回到房間的時候，我剛好在沖澡，之後又一頭栽進工作裡，可以說是瞬間就忘卻時間還在過了。如果她趁那個時候把鬧鐘調快大約三十分鐘的話，我們睡覺的時間就不是十點，而是九點半左右了。」

此外，我還想到一點，平常過慣了不規律生活的我，只有那天非常想睡覺，而且入睡的時間是我無法想像的早。在那之前，冬子請了我喝柳橙汁，恐怕那杯果汁裡也摻雜了安眠藥吧！

我在這裡喘口氣，吞了口水之後繼續說道：

「但是出現了問題。當鬧鐘指針指著九點四十分的時候，冬子看著窗外說『志津子小姐出去了』。如果鬧鐘調快了大約三十分鐘的話，那實際上就應該是九點十分左右發生的事了。可是因為妳離開旅館的時間真的是九點四十分，我的推測就出現矛盾了。解決這個矛盾的說法只有一個，就是冬子她早就知道妳會在那個時間點離開旅館。那麼，為什麼她會知道這種事呢？還有，為什麼她要調快鬧鐘呢？『調快鬧鐘』這點讓我回想起舊式偵探小說製造不在場證明的手法。這樣說來，就是她有必要使用這種小伎倆來製造不在場證明囉？」

志津子小姐沒有說話，因為她是知道真相的。

「能夠想到的只有一點。冬子在九點四十分和妳約好在旅館外頭見面，然後打算利用這個機會殺掉妳。對鬧鐘動手腳就是像我剛才說的一樣，要製造不在場證明。」

我試著對冬子的計畫做出推理。

她在客廳玩彈珠臺的時候，悄悄對志津子小姐說——內容大概是這樣吧——我有事情想要跟妳說，九點四十分左右的時候我會在旅館後面等妳。

約好了之後，冬子便趕緊回到房間動手腳，偷空將鬧鐘調快了三十分鐘。然後當指針指向九點四十分的時候，她便說看到了志津子小姐的身影。

讓我喝下摻了安眠藥的果汁。

鬧鐘走到十點的時候（其實是九點半）上床睡覺。我昏昏睡去。

冬子偷跑下床，調回鬧鐘，一邊小心著不讓別人看到，一邊離開了旅館。由美這個時候應該在客廳裡，不過冬子大概覺得沒關係吧！

殺了志津子小姐之後，再躡手躡腳回到房間裡。接著把我吵醒，好當她十點以後的不在場證明。這個時候實際上我應該已經睡了三十分鐘以上，然而卻會產生怎麼只睡了一下子的錯覺。

不久之後，志津子小姐的屍體就會被發現，然後事情接下來的發展，大概就和這次的情況差不多了吧！換句話說，就是確認所有人員的不在場證明。那個時候冬子應該會這麼說吧——一直和我在一起。而且我也會幫她作證。

若是九點四十分的時候有人看到志津子小姐離開旅館的話，對冬子來說就更有利了。因為她也在同時間看到了，這點可以證明鬧鐘的時間沒有被調整。

如果她的計畫成功了的話——我可能現在還在謎團的漩渦裡打轉吧！

「但是冬子的計畫失敗了。」我說：「知道妳要和冬子見面的金井先生，也前往妳們約好要見面的地方，然後在冬子正好要殺害妳的時候及時出現，最後反而是冬子自己掉下了懸崖。」

「就像妳說的一樣。」志津子小姐回答：「對於鬧鐘的事情，我無法做什麼評論。當我們聽到妳證明萩尾小姐十點鐘還在房間裡的時候，其實也都嚇了一跳。然後……冬子小姐她想要殺我，也是事實。」
雖然這是我預料中的答案，但還是有一陣讓我恍惚的絕望感襲來。因為在我心底的某個地方，其實暗暗希望志津子小姐能夠否定我的說法，可惜這個淡薄的期待也已完全消失殆盡了。
「我們來談談為什麼會發生這種事吧！」我努力地讓心情平復，「冬子是竹本幸裕的女朋友吧？」
「……」
「我已經知道了哦！」
我從皮包裡面拿出紙團——就是前幾天去冬子家清掃的時候找到的那個東西。剝開紙團之後，我讓志津子小姐看了裡頭的東西。
「妳有印象嗎？」
我詢問道。志津子小姐搖了搖頭。
「這是竹本幸裕先生去年參加旅行的時候，遺留下來的物品當中唯一被人拿走的東西。是冬子擅自將它從竹本先生的房間裡拿走的。」
志津子小姐瞪大了眼睛。
那是一個長滿鐵鏽的隨身酒瓶。

5

「希望妳能告訴我，」我說：「在無人島上究竟發生了什麼事？就結果上來說，如果不知道這一點，等於一步也無法前進啊！」

志津子小姐將文庫本放在一旁，合起手掌十指交扣。很明顯地，她很迷惑。

「我知道的事情，就如同我接下來所說的：遊艇遇到了意外，全部的人都朝著附近的島嶼前進，然而只有一位男性沒有辦法到達。然後稱呼那位男性為『男朋友』的女人，乞求著大家的協助，但是卻沒有人聽進她的要求——這是從由美那裡聽來的。」

我一邊觀察著她的神色，一邊說道。但是她的表情並沒有什麼顯著的變化。

「我認為那個女人是為了要替死掉的男友復仇，才不斷殺人的。可是事實上並沒有那麼單純吧？」

「嗯。」志津子小姐聽到這兒，終於回答了，「並不是那麼單純的事。」

「我完全沒有想到，」我說：「但是有個重要的關鍵。這個關鍵就存在於竹本先生自身。」

我打開手上拿著的隨身酒瓶的蓋子，倒過來輕輕地搖了一下。從裡頭掉出來的是一個捲成細長棒狀的紙條。攤開之後，上面寫著密密麻麻的文字。雖然已經有點暈開，但還是可以判讀。

找到酒瓶已經讓我十分驚訝了，發現這個紙條的時候，更是讓我震驚。

「我仔細看了一下以後，發現這是記載了意外發生時候情況的便條。大概他是打算能在回來之後當作報導整理吧！會裝到酒瓶裡，也是因為考慮到這麼一來就不會弄濕的關係。在這張便條中特別重要的地方是這裡：『山森、正枝、由美、村山、坂上、川津、新里、石倉、春村、竹本抵達無人島。金井遲了些。』——從這張便條裡，我發現沒有游到無人島的人，並不是竹本先生。無法抵達的人是金井三郎哦！然後叫著『求求你們救救我男朋友』的人，其實是志津子小姐吧！我從這張便條得知，並沒有什麼叫作古澤靖子的女性參加。」

「所以妳才會調查我的事嗎？」

我對她的問題點了點頭。

「實際上命在旦夕的人是金井先生，而求援的人則是春村小姐；然而卻沒有任何人伸出援手——發生了這樣的事件之後，我不明白接下來的事情是如何發展，最後死掉的才會是竹本先生。於是我開始調查妳的過去，希望能找到一些線索。可是結果我還是什麼都不知道，知道的只有為了愛情離家出走這件事。」

「……是嗎？」

她氣若游絲般說道。

「不過我試著照自己的思維，想像了一下那天在無人島上到底發生了什麼事。因為那個『什麼事』的關係，害竹本先生代替金井先生死去，而全部相關的人都在隱瞞那個『什麼事』。這麼一想，我大概就猜測到了。」

我直直地盯著她的眼睛，然後繼續說道：

「在沒有人願意伸出援手的情況下，竹本先生就去救金井先生了吧？然後救援行動成功了的竹本先生，便大聲責備其他決定袖手旁觀的人。可能連要把這件事情公布在報章雜誌上這種話，也跟著威脅出口了吧！於是和其中的某個人起了爭執……那個人最後把竹本先生給殺死了。」

我看見志津子小姐失去血色的嘴唇正微微顫抖著。我壓抑著內心激昂的情緒，繼續說道：

「在場的所有成員全都贊成隱瞞這個事實。雖然對你們來說竹本先生是恩人，可是照顧你們的山森社長，他說的話也不能違背……沒錯吧？」

志津子小姐靜靜地嘆了口氣，接著眨了好幾次眼睛，用雙手覆住臉。她的內心在和某種東西交戰。

「沒辦法呀！」我的背後突然傳出了聲音。回頭一看，金井三郎正以緩慢的步調接近我們。「沒辦法啊！」

他又說了一次——是對著志津子小姐說的。

「三郎……」

金井三郎走到志津子小姐的旁邊，用手緊緊地環扣住她的肩膀，然後只有頭朝我這邊轉了過來。

「我全都告訴妳吧！」

「三郎！」

「沒關係，這樣子比較好。」他好像在摟著她的手臂上又施了點力氣，不過眼睛還是看著我，「我告訴妳。妳的推理的確很精采，不過錯誤的地方也很多。」

他說完之後，我默默地點點頭。

「事情的開始其實沒什麼，」他先說了前言，「從遊艇逃離的時候，我好像不知道在哪裡被強力敲到了頭部，人就這樣昏過去了。」

「昏過去？在海上？」

「是的。因為我穿著救生衣，所以似乎是跟樹葉一樣在海上載浮載沉。而且昏迷的時候，是不會喝進水的。」

我有聽過這種說法。

「其他人全都抵達無人島了。志津子好像是到那個時候，才發覺我不在。於是她慌慌張張地將目光轉回海上，看到了一個很像我的身影在海浪裡漂浮。」

「我真的嚇死了……」志津子似乎還沒有走出那個時候的衝擊。仔細一看，她甚至還在他的臂彎裡發抖。「我慌忙跟周圍的人說，請救救他。」

我認同地點點頭。由美那時候聽到的聲音，就是這個。

「但是誰也沒幫妳去救人吧？」我一面回想起由美的話，一面說道。志津子思考了一會兒之後說：

「因為海浪打得很高，天候也非常差，我知道任誰也不想出手處理這件事。就連我自己也沒有就這麼跳回海裡的勇氣。」

「如果立場交換的話，」金井三郎沉重地開了口，「我也沒有自信說自己敢去面對。」

真是困難的問題，我想道，並不是輕輕鬆鬆就能回答的。

「當我的心情轉入絕望的時候，有個人說了一句：『我去好了。』那就是妳說的竹本先生。」

果然，我想。由美在還沒有聽到這些話之前，就已經失去意識了。

「可是竹本先生並不是那種光靠著正義感，就不分青紅皂白地往海裡跳的人。因為他賭上自己的性命，所以希望能夠得到等值的報酬。」

「報酬？」

「她的肉體。」回答的是金井三郎，「他好像從在美國的時候開始，就一直對志津子抱持好感。這是我自己微微感覺到的。不過他並沒有橫刀奪愛，畢竟他也有自己的女朋友……可是他在那個場面，好像就提出了這個要求。」
我看著志津子。
「然後怎麼了呢？」
「在我回答以前，聽到這席話的川津先生說話了。他說：『在這種時候要求報酬，你還是不是人啊？』然後竹本先生就回答：『你了解我的心情嗎？什麼都不知道的人沒有插嘴的權利！』於是川津先生便開始拜託其他人去救三郎，因為他自己的腳已經受傷了……」
「但是沒有人理會他的請求吧！」
「嗯。」志津子用微弱的聲音回答：「大家都別開了臉。也有人說了類似『還不是因為你自己腳受傷了才有辦法這麼說』的話。」
「所以到最後，妳就答應了竹本先生的條件了嗎？」
她緊緊閉上了眼睛，代替點頭。
「那個時候的我，不管怎樣都只想要先救他。」
「然後竹本先生就跳進海裡，神乎其技地救起了金井先生……」
「就是這樣。」金井三郎回答：「等我回過神的時候，已經躺在地面上了。我連自己為什麼會在那裡都不曉得。唯一清楚的，就只有自己得救了這件事而已。看看四周之後，我發現其他的人也都躺著。我便開始打聽志津子的下落。一開始的時候，每個人都緊閉嘴巴，不肯跟我說。後來川津先生才告訴我竹本先生和志津子的交易。接著川津先生問我要不要想想辦法說服竹本先生，我才急急忙忙地尋找他們的蹤影。然後在遠處一個石蔭下，我找到了他和志津子。竹本先生抓著她的肩膀，樣子看起來好像是要襲擊她。」

淚水從坐在一旁聽著的志津子眼眶中流出。淚滴滑過白色的臉頰，落在她的手上。

「那個時候……我並沒有被襲擊。」她用細絲般的聲音說：「那個時候竹本先生只是要在三郎恢復意識之前，跟我作下次履行代價的約定而已。可是到了那個節骨眼，我的決心已經動搖了。我跟他說不管要多少錢都沒關係，希望他能忘記剛才的交易。只不過……他不願意接受。『不是約好了嗎？只要妳能陪我一個晚上，我保證不會再出現在妳面前。』他一邊抓著我的肩膀，一邊這麼用力說著。」

她說到這裡，轉過頭看著自己的男朋友。金井三郎看起來很痛苦似的低下頭，不久之後深深吸了一口氣。

「但是在我眼裡，就只覺得是他在襲擊我女朋友。畢竟我剛從川津先生那裡聽來那件交易。」他說：「我一邊喊著『住手』，一邊用盡力氣把他推開。他失去了平衡……頭撞到了旁邊的岩塊上，然後就再也沒有動過了。」

金井三郎大概回憶起當時的情形，視線落在自己的雙手上。

「我就這樣……全身無力地看著倒下的他。志津子面對這個突然的轉折，一下子無法反應，看上去也是六神無主。」

也就是說沒有即時搶救，我想。

「等我回過神來才發現，不知何時山森社長已經跑了過來，測了竹本先生的脈搏之後，他搖了搖頭。我和志津子一起瘋狂大喊，接著便抱頭痛哭。可是無論怎麼哭怎麼喊，事情都不會改變──我這麼想著，決定要自首的時候，山森社長說話了。」

「他阻止你自首了吧？」

像是要把牙齒咬碎似的，他點點頭。

「社長說，竹本是個卑鄙的男人。抓住別人的弱點要求肉體報酬，這是最低級的人才會做的事。你做的是保護戀人的行為，沒有必要去自首──」

「然後山森社長就提議處理掉屍體了。」

「是的。」

他說完之後，志津子小姐也深深地點了頭。

「社長也徵求了其他人的同意。他認為竹本先生的行為是卑劣的，而我的行為是正當的。」

「結果，全部的人都同意山森社長的話了吧？」

「大家都同意了。每個人都不停地咒罵著竹本先生。只有一個人──只有川津先生一個人不認同這種保護志津子貞操的正當防衛。但是被其他的人駁回了。」

那個時候的狀況，我感覺自己幾乎是感同身受。

若要把事件的真相公諸於世，金井三郎差點死了的事實當然也非提不可。這麼一來，除了竹本之外的其他人為什麼沒有出手救人？他們都在幹什麼？——這類的問題就會出現。如果事情演變成這樣的話，他們毫無疑問地會被輿論的責難淹沒。

也就是說，這是一個黑暗的勾當。藉著幫忙隱瞞金井殺了竹本的事，來交換大家對金井三郎的見死不救。

「最後我們統一的意見，就是決定把屍體處理掉。不過說處理，其實也沒特別動什麼手腳，只要直接丟到海裡去就好了。能夠找不到屍體當然是最好，如果不幸找到屍體的話，那附近的暗礁那麼多，所以大概也會被推測是他在游泳的時候被海浪捲走，不小心撞到頭的。」

而且事情的發展好像還真跟他們的目的一樣。要說唯一的失算，就是竹本幸裕的酒瓶沒被海水沖走。

「被救援隊救出之後，你們覺得一定會被叫去海防部問口供，所以在那個時候全部的人便都先套好了說辭吧？」

「沒錯。同時也順便麻煩大家一樣說她的名字是古澤靖子。」

「原來如此。」

「在意外發生之後我觀察了一陣子，發現我們的手法沒有曝光的跡象。然後過沒多久，志津子就也來運動廣場工作，原本住的公寓也換掉了。說到公寓，古澤靖子小姐本尊從國外回來了之後，也不知道又搬到哪裡去了。這麼一來，我就確信真相幾乎完全埋藏到黑暗裡去了，覺得所有的事情都進行得很順利。」

的確，所有的事情都進行得很順利。只不過事實上在他們沒想到的地方，暗藏著陷阱。

「但是實際上不是這樣吧！」

「是的。」金井三郎發出了相當沉重的聲音，「今年六月的時候，我看到川津先生來找山森社長談話。好像是說在他出門旅遊的時候，有人潛入他的公寓裡。」

「公寓？」

「嗯。而這就是最重要的一點——資料好像有被偷看過的跡象。」

「資料就是……寫了在無人島上發生的事情的資料？」

金井三郎點點頭。

「川津先生好像一直感覺到良心的苛責，也說過他希望未來的某一天能夠將這件事情公開，好讓他接受世人的審判。山森社長則是生氣地叫他快點把那些東西燒掉。」

「因為怕那些資料會被別人看到，是嗎？」

「是的。」

「而那個潛入房間偷看資料的犯人就是冬子囉？」

「可能是。」

故事的輪廓浮出來了。

山森他們的手法確實是進行得很順利。只不過事實上在意外的地方，暗藏著陷阱。竹本幸裕隨身攜帶的酒瓶裡，出現了他寫過的便條。然後發現的人，是他的女朋友萩尾冬子。她應該是去死去的情人家裡打掃的時候發現的吧！

之後冬子的想法，我像是握在手裡一般清楚。

冬子看到了竹本幸裕的便條之後，開始對他的死產生疑問。明明應該已經到達無人島的男友為什麼會死掉呢？而且為什麼每個人都說謊呢？

這個疑問的答案只有一個。他的死是人為造成的，而其他的人全都和這件事有關係——

冬子這個人，絕對會為了查明真相而全盤調查。不過我想事件關係人的防護網很堅固吧！於是她直接去找了他們當中的一個人，那個人就是川津雅之。由於彼此都是出版界的人，接近他並沒有那麼困難。在想盡辦法和他混熟之後，她大概打算問出無人島上的真相吧！

可是和他混熟的人不是她，而是我。我想這應該是她最大的失策，不過在這種狀況下，她還是盡了最大的努力。那就是趁我和雅之去旅行的時候，潛入他的房間。鑰匙的話，只要把我一天到晚帶著的那把拿去取模就好了，旅行的日程她也能夠輕鬆掌握。

就這樣，她知道了在無人島上發生的事情，然後決定報仇。

「過沒多久，川津先生又到山森社長這裡來談事情，內容就是他好像被人盯上了。而且似乎還不單單只是被人盯上，聽說之後一定會有信寄過來。」

「信？」

「是的。在白色的便條紙上用文字處理機打的，只有十一個字：『來自於無人島的滿滿殺意』。」

來自於無人島的滿滿殺意——

「我真的嚇到發抖了。」金井三郎像是再度回想起那個時候的寒氣一般，緊緊抓著自己的手腕，「有人知道我們的秘密了，而且那個人打算對我們復仇。」

滿滿的殺意……嗎？

目的大概是想要利用這種預告信，來讓恐懼深植在他們心中吧！

「川津先生被殺害的方式，就清楚地表現出對方的怨念了。」金井的手沒有放開，又繼續說道：「報紙上寫他明明是被毒死的，兇手卻大費周章地打了他的後腦勺之後，再扔進港口裡。我想那大概是為了重現竹本先生死亡的戲碼。」

「戲碼……」

那個冬子……總是冷靜、臉上永遠掛著溫柔笑容的冬子……

然而，也不是完全無法想像，我重新想著。她的內在的確也好像總是有炙熱的火焰在燃燒著。

「當然那個時候，我們還不知道犯人是誰。總之就是先做該做的事情，把川津先生留下來的事故紀錄收回來。那也好不容易成功了。」

「偷跑到我家的人是你？」

「我和坂上先生。我們兩個真的是拚了命了。收回來之後，馬上就把它燒毀。誰知道才沒一會兒的時間，就換新里小姐被殺了。」

之後的事情我大致上都知道了。因為不能讓新里美由紀在我的逼問之下，不小心把事情的真相說出來，所以冬子才會匆匆忙忙地殺掉她吧！對冬子來說，她可能認為若是想要復仇行動能順利進行的話，就不能讓我太早知道真相。

她雖然替我安排和新里美由紀見面，但是實際上，她自己應該早一步先跟美由紀約好要見面了吧！

「到底是誰開始這個復仇行動的？為了查明這個問題，我做了各種調查。竹本先生他弟弟的行動我也查過了，但是卻沒有得到任何線索。然後我知道了妳正一步步朝著真相逼近。在無法忍受的情況之下，我威脅了妳好幾次。」

「偷跑到我房間裡在文字處理機上留下訊息、又在健身中心襲擊我，對吧？」

他摳摳長滿鬍子的下巴。

「全都是我的擅自妄為。但是山森社長生氣地大罵了我一頓說，做這種事情不是更容易刺激對方嗎？」

的確，這兩個警告的結果，就是讓我一舉振奮起來調查。

然後下一個遇害的馬上就換成坂上豐。

他的遇害應該和新里美由紀那個時候差不多吧！也就是當他打電話來表示想和我們見面的時候，冬子雖然說約定的時間和地點還沒有決定，但是其實已經決定了。約定地點一定就是在那間練習教室裡，然後冬子一個人赴約，將他殺害。

「坂上先生特別害怕那個復仇者。」金井三郎說：「於是他對山森社長提議說，把一切都公諸於世，因為這麼一來，警察就能保護大家了。可是實際上那個時候，就已經有『不覺得萩尾小姐很可疑嗎』這種說法浮出來了。」

「為什麼會有那種說法呢？」

「山森社長派村山小姐徹底調查了竹本先生的過去。結果發現竹本先生出版第一本書的時候，編輯就是萩尾冬子小姐。任誰都會覺得如果是偶然，就太奇怪了。」

是呀！我體認到自己的愚蠢。竹本幸裕這個作家的相關情報，幾乎全是從冬子那裡來的。她向我隱瞞了整個事件最重要的部分。

「因為覺得萩尾小姐大有問題，所以社長想到了『條件交換』這個辦法。換句話說，就是我們會對目前為止發生的殺人事件保持沉默，條件是請萩尾小姐忘了無人島上發生的事。但是要進行這樣的談判，必須握有萩尾小姐就是犯人的證據才行。於是，社長決定將坂上先生當作誘餌，要他謊稱自己什麼都願意說，藉此接近妳。山森社長認為這麼一來，萩尾小姐一定就會想辦法殺掉坂上先生吧！而事實上石倉會事先埋伏在坂上先生和萩尾小姐約定的地點，等到萩尾小姐準備動手的時候，石倉便依照計畫，馬上跳出來談條件。」

「……可是坂上先生還是被殺了啊！」

「沒錯。根據石倉先生的說法，萩尾小姐用偷偷帶著的鐵鎚，在坂上先生的後腦勺敲下致命一擊。事情發生得很快。」

「……」

我的口中再次湧起了唾液。

「所以連石倉先生也不敢出去了的樣子。」

「他會不敢？」

石倉那張自信滿滿的臉孔在我的腦中浮現。不敢出去？——

「然後，談判地點便移師到Y島去了。」

金井三郎說到這兒，眉毛又痛苦地揪在一起。對他來說，接下來發生的事情可能更難以啟齒吧！然而對我來說又何嘗不是如此呢？

「過程就跟妳剛才的推理一樣，只不過主動邀約的人不是萩尾小姐，而是志津子。她跟萩尾小姐說有重要的事情要告訴她，希望她在九點四十分左右到旅館後面去。」

我點頭，幾乎全都明瞭了。

「一開始只有我一個人和萩尾小姐談。」志津子小姐用冷靜的聲音說，可能情緒已經稍微平復了，「談著談著，雖然不是很願意，我還是告訴她條件交換的事了。」

「但是冬子對於條件交換一事沒有答應吧？」

是的，她用非常小的聲音回答。

「萩尾小姐就這麼沉默地開始動手攻擊志津子。聽到條件交換的事之後，她的怨恨反而好像倍增了。」

我看著金井三郎。

「你就在這個時候現身了吧？然後殺掉了冬子。」

「嗯……」

他露出一個帶著淚水的笑容，搖了兩、三次頭。

「真是愚蠢啊。為了保護志津子，我到後來竟然殺死了兩個人。而且這次，也被山森社長他們庇護了。」

我什麼也無法回答。我覺得就算我說了什麼，感覺也都不是出自真心。

金井三郎還是摟著志津子小姐的肩膀。志津子小姐則一直靜靜地閉著眼睛。

看著眼前這兩個人的時候，我的思緒突然飛到冬子和竹本幸裕的關係上。

「那個……冬子已經知道事情的始末了吧？」

兩個人看著我，停頓了一會兒之後點點頭。

「那就表示她也知道竹本先生渴求志津子小姐的肉體的事了吧？她難道不認為那是她男朋友的背叛嗎？」

我說完之後，志津子小姐用真摯的眼神看著我說道：

「我也這麼跟她說過了。『妳不恨那個除了自己女朋友之外，還想要別的女人的男人嗎？』我這麼問她。但是她的回答是否定的，她這麼說：『每個人都有優點和缺點。雖然我經常煩惱他的女性交友問題，但是我也非常愛他碰到緊急的時候，就會賭上自己的性命去做事的那種活力。而且，他渴望的是妳的肉體，不是心。』然後說像我們這樣什麼都辦不到、只會說她男友很卑鄙的人，才是最卑賤的。」

「……」

「現在的我……也是這麼覺得。」志津子小姐顫抖著嘴唇說：「那個時候要救三郎，非得有自己跟著陪葬的覺悟不可。竹本先生用自己的生命當賭注，要求的只是一個女人的身體，而且那還是成功之後才能得到的報酬。」

無止盡的情緒波動，又開始在我體內沸騰起來。

「還有，冬子小姐恨的人不只是我們，還包括其他的人，其實不單單是因為我們隱瞞了殺死竹本先生的事情而已。」

「不單單只是那樣？」
我回看著她，感到有點意外。
「不是的。」志津子小姐的肩膀微微發顫，「妳不是知道竹本先生的屍體被發現時的情況嗎？那個人的死狀是類似被卡在岩岸裡的模樣，所以海防的警察才會判斷他是被海浪捲走、在某個地方的暗礁撞到頭，接著在快要斷氣的時候游到了那個岩岸上的。」
我知道她閉口不談的事情了。我的背脊上起了一陣莫名的寒意，身體也跟著開始顫抖。
「總而言之，」志津子小姐說：「竹本先生沒有死，只是昏過去而已。然後我們把他丟到海裡的行為，才是真正要了他的命。而川津先生的資料裡載明了這件事。」
原來是這樣啊——
所以冬子的復仇方式才會極盡殘酷之能事。在她看來，男友等於被殺害了兩次。
「這就是全部的事情了。」
金井三郎一邊這麼說，一邊扶著志津子小姐站了起來。她把臉埋在男友的胸膛裡。
「妳要怎麼處置我們呢？」三郎問道：「把我們送到警察局嗎？我們已經有心理準備了。」
我搖搖頭。
「我不會有什麼反應的。」我看著他們兩人的臉說：「我已經不會再有任何行動了。再做什麼，也都是多餘的了。」

我轉過身朝右邊走去。沉默包圍著我們，空無一人的健身中心，此刻看起來彷彿是個墳場。

下樓梯的時候，我回過頭。那兩個人還是目送著我。

「春村家的人會來把志津子小姐帶回去。」我對他們說道：「我和春村家的人約好要告訴他們志津子小姐在哪裡，不過我看就算我不說，他們遲早也會找到這裡來的。」

他們兩人互看了彼此的臉一會兒。然後我看到金井三郎對我點點頭。

「我知道了。」

「那我就走了。」

「嗯。」

然後他說：「謝謝。」

我聳聳肩，微微舉起手。

「不客氣。」

接著我走下了黑暗的樓梯。

6

原先打算直接回家的我，在坐上計程車的當下改變了心意，對司機說了不是我家的目的地。

「高級住宅區耶！您住在那裡嗎？真是厲害。」

臉型細長的司機說的話當中含著些微的嫉妒之意。

「不是我家，」我說：「是朋友的。雖然年紀還沒那麼大，但是已經事業有成了。」

「果然是呀！」司機一面嘆著氣，一面操控著方向盤，「已經不能做一些理所當然、中規中矩的事情了呢！現在這個時代呀，不做些大膽的事情可不行哦！」

「還要不管別人死活呢！」

「嗯，沒錯。現在不把人當道具看不行呀！」

「……是呀！」

然後我就沉默了。司機也沒再多說一句話。

霓虹燈在車窗外飛快流過。冬子的面容在其中浮現。

她是用什麼樣的心情看著我調查這件事的呢？

應該會感到不安吧？擔心我總有一天會知道真相的那種不安。不過說不定她覺得我不可能會知道的想法，比不安更為強烈。而且在真相未明的情況下，她大概覺得假裝協助我對她來說比較有利吧！因為她可以藉此若無其事地接近山森一行人。

那麼，她是怎麼看我和川津雅之之間的事呢？難道這也只不過是她復仇計畫中的一環？對於奪走好友的情人這點，她一點都不覺得內疚嗎？

不，我想應該不是這樣。

在川津雅之死後和我一起難過的她，臉上的悲傷表情不是假的。那是為失去男朋友的至交好友著想的真切眼神。也就是說，至少和我在一起的時候，她不是那個殺掉川津雅之的萩尾冬子，而是我永遠的最好朋友——

總之現在……我只想這麼相信。

「在這附近嗎？」

突然出現的聲音將我喚回現實。車子進入了住宅區，於是我開始指路。

因為之前我曾經送由美回來過，所以還記得山森社長家的位置。建築物正面有一個可以停放四輛進口車大小的車庫，旁邊就是大門。從大門處望進去，可以看出主屋在非常裡面的地方。

「好高檔的房子呀！」

司機一邊讚嘆，一邊把零錢找給我。

等到計程車開走之後，我按下了對講機。過了好一陣子之後，我才聽到一位女性前來應答，是山森夫人的聲音。當我說我想和山森社長見面的時候，她用十分冷酷的口吻回答道：

「請問您有事先約好嗎？」

都已經是這個時間了，她會覺得不太高興也是理所當然的吧！

「我沒有事先約好。」我對著對講機說：「不過如果麻煩您跟您丈夫說來的人是我的話，他應該會願意跟我見面的。」

夫人大概非常火大吧！她粗魯地切斷通訊。

就這麼等了一下，大門側邊通用出入口的門那兒傳來咔嚓一聲。我走近之後轉了門把，很輕鬆地就打開了門。看來這裡設有遠端開鎖的裝置。

沿著鋪著石頭的路一直走下去，我便到了玄關。門上裝飾著品味不怎麼樣的浮雕。打開這扇門之後，我看到披著睡袍的山森社長正在等著我。

「歡迎。」

他說道。

他引領我到他的書房。牆壁上排滿了書架，大概收藏了好幾百本的書。書架的盡頭有一個酒櫃，他從裡頭拿出一瓶白蘭地和玻璃杯。

「怎麼樣？今天晚上又有什麼要事了呢？」

他一邊將斟滿白蘭地的玻璃杯遞給我，一邊問道。我感覺有種甜甜的香氣在房間裡飄散開來。

「一直到剛才，我都和志津子小姐在一起。」

我開口試探道。他的表情只在一瞬間僵了一下，旋即恢復了他自信滿滿的笑臉。

「是嗎？聊了什麼有趣的事情呢？」

「我全都知道了。」我果斷地說：「在無人島上發生的事情，以及冬子死掉的原因。」

「然後呢？」

「沒有然後了。」我說：「我想那兩個人大概不會回來，也不會再出現在你面前了吧！」

「是嗎？那就沒辦法了。」

「這不是你計畫中的結局嗎？」

「計畫中？」

「嗯。還是——要是那兩個人能殉情就太好了呢？」

「我不太了解妳的意思。」

「不要裝傻了。」我把玻璃杯放在桌上，站到他前面，「你從知道犯人是冬子開始，就一直希望金井先生和志津子小姐能殺了她吧？」

「他們有這麼說嗎？」

「沒有，因為他們被你騙了。不只他們兩個，你還騙了坂上豐先生。」

山森社長抿了一口白蘭地。

「希望妳能替我說明一下。」

「我就是為此而來的。」我舔舔粗糙乾燥的嘴唇，「你的最終目標是讓無人島事件成為只有家人知道的秘密。自己、妻子、弟弟、姪女——除此之外的人都是礙事者，因為他們不知道什麼時候會不小心把無人島上的秘密給洩漏出來。剛好川津先生和新里小姐都被不是家人的兇手殺死，所以接下來你就設計殺害了坂上先生。」

「很有趣哦！」

「雖然你的劇本是請坂上先生和冬子見面，然後在千鈞一髮的時候再讓石倉先生上場救人，不過我想，你應該一開始就沒打算救他吧？」

他將玻璃杯從唇邊拿開，我看到他歪曲的嘴唇。

「傷腦筋耶！要怎麼說妳才能理解呢？」

「請不要再演這種不堪入目的戲了。」我毫無顧忌地說：「重遊Y島的真正目的，就是要殺死冬子吧？你早就看穿冬子根本不可能答應那個交換條件，然後預測事情末了，冬子大概會被金井先生殺死——」

「我可沒有什麼預知能力哦！」

「不是預知，是預測。然後你打算在警察來的時候，讓全部的人說法一致，互相替對方做不在場證明。於是你選擇Y島這個孤島，還讓竹本正彥這個第三者來參加，只為了增加不在場證明的可信度。而實際上冬子也為了製造自己的不在場證明，使了些伎倆，這更讓你們的計畫完美無缺。」

說完了之後，我還是瞪著山森社長。坐在椅子上的他，也用毫無感情的目光看著我。

「妳的意見當中，包含了很大的誤解。」山森社長筆直地盯著我說：「我們對於那個時候自己採取的行動，一點都不覺得可恥。就算現在回過頭看，我們還是覺得自己是正確的。的確，我們沒有去救金井的勇氣，但是我不覺得那是不符合人道的行為。妳懂嗎？在那種場合，根本不可能作出絕對完美的選擇啊！我們選擇了比較好的路，所以沒有必要覺得丟臉。竹本那個人反而才是最沒水準的。就算他願意賭上自己的性命，要求報酬就是非常卑劣的——更何況還是要求那種報酬。」

他的說話方式充滿了自信。如果我什麼都不知道的話，一定會被他的這種口氣給騙倒。

「我可以問一下嗎？」

「隨妳想問什麼都可以。」

「所謂『絕對完美的選擇』，就是全部的人都平安獲救嗎？」

「嗯，是啊！」

「然後你說那是不可能的。」

「我的意思是說不可以作出那種選擇，因為實在是太危險了呀！」

「那當竹本先生決定去救金井先生的時候，你為什麼沒有出面阻止呢？」

「……」

「也就是說，你根本就沒有說三道四的資格！」

我不假思索地大聲吼出來，無法抑制爆發的情緒。

沉默在我們兩人之間持續了好一陣子。

「唉，算了。」他終於開口了，「妳要說什麼是妳的自由。雖然一直這樣緊咬著不放，讓我有點介意。只不過，什麼都不會改變的。」

「嗯，」我點點頭，「什麼都不會改變，也不會再發生什麼了。」

「就是這樣囉！」

「只是我最後還有一個想請教的問題。」

「什麼呀？」他的目光變柔和了，不過那也只出現片刻。他的視線好像被吸引到我的後方去似的。我順著他的視線回頭一看，發現由美穿著睡袍站在門口。

「妳起來啦？」

山森社長的聲音充滿了從剛才到現在的對話當中，無法想像到的柔情。

「是寫推理小說的老師嗎？」

她問道，臉朝著跟我所在位置不太一樣的地方。

「嗯，是啊！」我說：「不過我要回去了。」

「真可惜，我好想跟您聊聊。」

「老師很忙的，」山森社長說：「不可以強留住人家。」

「可是我只要說一句話就好，老師。」

由美一面靠著牆壁前進，一面伸出左手。於是我向她靠近，緊緊握住那隻手。

「什麼呢？」
「老師，那個……爸爸跟媽媽已經沒有被誰盯上了吧？」
「呃……」
我屏息，轉頭看向山森社長。他的視線朝著牆壁的方向躲去。
我用力握住由美的手回答道：
「嗯，對呀！已經沒事了，什麼事情都不會再發生了。」
她小聲地呢喃了一句：太好了。像小精靈一樣的笑容，在她蒼白的臉上蕩漾開來。
我放開由美的手，轉過身面向山森社長。還有最後一個問題，不過那不能在這裡開口問。
我從皮包裡拿出一張名片，在背面用原子筆寫下幾個字。然後我走向山森社長，伸手將名片拿到他的眼睛正前方。
「不用回答沒有關係。」
看著名片背面的他，臉看起來好像有一點點歪斜。我把名片收回包包裡去。
「那麼請保重。」
他沒有回答，只是一直緊緊盯著我的臉看。我把他留在原地，轉身朝著門走去。由美還站在那裡。
「再見。」

她說。

「再見，保重哦！」

我回答她，然後頭也不回地離開了。

回到自己家裡的時候，時間已經超過一點了。

信箱裡有一封信，是冬子工作的出版社總編輯寄來的。

我先去沖了個澡，然後裹著浴巾直接躺在床上。今天真是超級漫長的一天啊！

接著我伸手拿起那封信。信封裡塞著兩張信紙，用十分有禮的用字遣詞寫著最近會再替我介紹新的責任編輯。內容裡並沒有特意提及冬子的死。

我用力將信紙扔了出去。深刻的悲傷襲來，突如其來的眼淚爬滿了我的臉龐。

冬子——

那樣子就好了吧？我出聲問道。除了那樣的做法之外，我實在想不到別的方法了——

不用說，沒有人回答我。誰也無法拿出答案。

拿過皮包，我從當中取出名片——那張剛剛給山森社長看過的名片。

「你應該有發現竹本先生沒有死吧？」

我看著這張名片約莫十秒之後，慢慢地將之撕裂。事情走到這步田地，問這個問題可能也已經沒有任何意義了。誰也無法證明真相，就算證明了，也不能改變什麼。

撕成碎片的名片從我手裡散落，啪啦啪啦地掉在地上。

或許，我的試煉接下來才要正式開始吧！

不過接下來的事情，隨便要怎麼樣都好。

因為我已經覺悟了。

不管明天會發生什麼事——總之我現在只想好好睡一覺。

謎人俱樂部

歡迎加入**謎人俱樂部**！為了感謝您對皇冠出版的推理、驚悚小說的支持，我們特別規劃推出讀者回饋活動，您只要按照規定數量蒐集每本書書封後摺口上的印花（影印無效），貼在書內所附的專用兌換回函卡上，並詳填個人資料後寄回，便可免費兌換謎人俱樂部的專屬贈品！詳細辦法請參見【謎人俱樂部】活動官網。

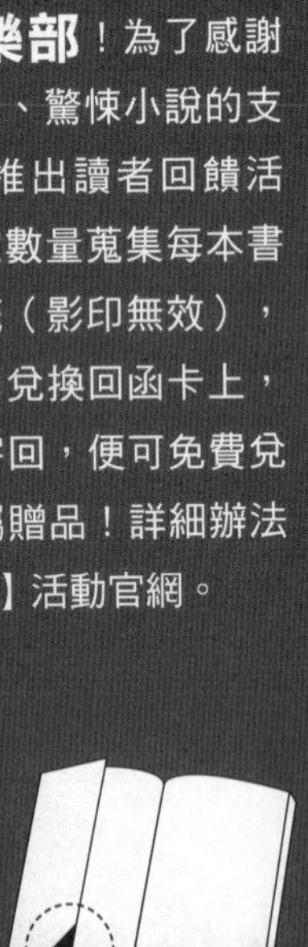

【謎人俱樂部】臉書粉絲團
www.facebook.com/mimibearclub

☐集滿4個印花贈品（二款任選其一）：

A：【推理謎】LOGO皮質燙銀典藏書套一個
（黑色，25開本適用，限量1000個）

B：【推理謎】吉祥物『獨角獸』圖案皮質燙金典藏書套一個
（咖啡色，25開本適用，限量1000個）

☐集滿8個印花贈品（二款任選其一）：

C：【推理謎】LOGO皮質燙金證件名片夾一個
（紅色，11.5cm x 8.6cm，限量500個）

D：【推理謎】吉祥物『獨角獸』圖案環保購物袋一個
（米色，不織布材質，41.5cm x 38.6cm，限量1000個）

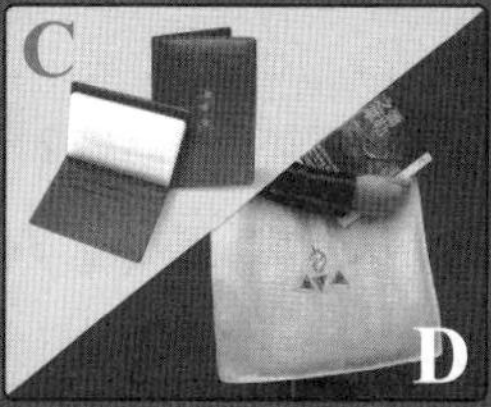

☐集滿12個印花贈品（二款任選其一）：

E：【推理謎】LOGO不鏽鋼繩鑰匙圈一個
（限量500個）

F：【推理謎】吉祥物『獨角獸』圖案馬克杯一個
（白色，320cc容量，限量500個）

謎人俱樂部會不定期推出最新限量贈品提供兌換，
請密切注意活動官網和粉絲專頁。

【注意事項】
◎本活動僅限台灣地區讀者參加。
◎贈品兌換期限自即日起至2024年12月31日止（以郵戳為憑）。
◎贈品圖片僅供參考，所有贈品應以實物為準。
◎所有贈品數量有限，送完為止。如讀者欲兌換的贈品已送完，皇冠文化集團有權直接改換其他贈品，不另徵求同意和通知。贈品存量將定期在【謎人俱樂部】活動官網上公佈，請讀者在兌換前先行查閱或直接致電：（02）27168888分機114、303讀者服務部確認。
◎皇冠文化集團保留修改或取消謎人俱樂部活動辦法的權利。辦法如有更動，將隨時在【謎人俱樂部】活動官網上公佈。

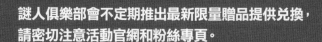

國家圖書館出版品預行編目資料

十一字殺人 / 東野圭吾著；羊恩媺譯 . -- 二版 .
-- 臺北市：皇冠，2023.04　面；公分 . --（皇冠
叢書；第 5086 種）(東野圭吾作品集 ;2)
譯自：11 文字の殺人

ISBN 978-957-33-4011-9

861.57　　　112004194

皇冠叢書第 5086 種
東野圭吾作品集 2

十一字殺人

11 文字の殺人

11 MOJI NO SATSUJIN
© KEIGO HIGASHINO 1987
Originally published in Japan in 1987 by Kobunsha Co., Ltd.
Complex Chinese character translation rights arranged with Kobunsha Co., Ltd.
Complex Chinese Characters © 2023 by Crown Publishing Company Ltd.

作　　者—東野圭吾
譯　　者—羊恩媺
發 行 人—平雲
出版發行—皇冠文化出版有限公司
台北市敦化北路 120 巷 50 號
電話◎ 02-27168888
郵撥帳號◎ 15261516 號
皇冠出版社（香港）有限公司
香港銅鑼灣道 180 號百樂商業中心
19 字樓 1903 室
電話◎ 2529-1778 傳真◎ 2527-0904
總 編 輯—許婷婷
責任編輯—黃雅群
內頁設計—李偉涵
行銷企劃—蕭采芹
著作完成日期— 1987 年
初版一刷日期— 2008 年 6 月
二版一刷日期— 2023 年 4 月
法律顧問—王惠光律師
有著作權 ・ 翻印必究
如有破損或裝訂錯誤，請寄回本社更換
讀者服務傳真專線◎ 02-27150507
電腦編號◎ 527202
ISBN ◎ 978-957-33-4011-9
Printed in Taiwan
本書定價◎新台幣 380 元 / 港幣 127 元

• 【謎人俱樂部】臉書粉絲團：www.facebook.com/mimibearclub
• 22 號密室推理網站：www.crown.com.tw/no22
• 皇冠讀樂網：www.crown.com.tw
• 皇冠 Facebook：www.facebook.com/crownbook
• 皇冠 Instagram：www.instagram.com/crownbook1954
• 皇冠蝦皮商城：shopee.tw/crown_tw

謎人俱樂部贈品兌換卡

◎請沿虛線剪開、對摺、裝訂後寄出。

我要選擇以下贈品(須符合印花數量)：□A □B □C □D □E □F

1	2	3	4
5	6	7	8
9	10	11	12

【個人資料蒐集、利用及處理同意條款】

您所填寫的個人資料，依個人資料保護法之規定，皇冠文化集團將對您的個人資料予以保密，並採取必要之安全措施以免資料外洩。您對於您的個人資料可隨時查詢、補充、更正，並得要求將您的個人資料刪除或停止使用。

本人同意皇冠文化集團得使用以下本人之個人資料建立該集團旗下各事業單位之讀者資料庫，做為寄送出版或活動相關資訊、相關廣告，以及與本人連繫之用。本人並同意皇冠文化集團可依據本人之個人資料做成讀者統計資料，在不涉及揭露本人之個人資料下，皇冠文化集團可就該統計資料進行合法地使用以及公布。

□同意　□不同意

我的基本資料

姓名：＿＿＿＿＿＿＿＿

出生：＿＿＿＿年＿＿＿＿月＿＿＿＿日　性別：□男　□女

職業：□學生　□軍公教　□工　□商　□服務業

□家管　□自由業　□其他＿＿＿＿＿＿＿＿

地址：□□□□□＿＿＿＿＿＿＿＿

電話：（家）＿＿＿＿＿＿＿＿（公司）＿＿＿＿＿＿＿＿

手機：＿＿＿＿＿＿＿＿

e-mail：＿＿＿＿＿＿＿＿

◎請沿虛線剪開、對摺、裝訂後寄出。

我對【東野圭吾作品集】系列的建議：

寄件人：

地址：□□□□□

北區郵政管理局登
記證北台字1648號
免 貼 郵 票

〔限國內讀者使用〕

105020

台北市敦化北路120巷50號

皇冠文化出版有限公司 收